弘源 홍원

신가 新武俠 판타지 소설

FANTASTIC ORIENTAL HEROES

홍원 4

신가 新무협 판타지 소설

초판 1쇄 찍은 날 § 2017년 6월 19일
초판 1쇄 펴낸 날 § 2017년 6월 26일

지은이 § 신가
펴낸이 § 서경석

편집책임 § 이지연

펴낸곳 § 도서출판 청어람
등록번호 § 제387-1999-000006호
등록일자 § 1999. 5. 31
어람번호 § 제2-2710호

주소 § 경기도 부천시 부일로 483번길 40 서경B/D 3F (우) 14640
전화 § 032-656-4452 팩스 § 032-656-4453
http://www.chungeoram.com
E-mail § chungeorambook@daum.net

ⓒ 신가, 2017

ISBN 979-11-04-91367-9 04810
ISBN 979-11-04-91291-7 (세트)

弘源 홍원

4

신가 新무협 판타지 소설

FANTASTIC ORIENTAL HEROES

도서출판 청어람

弘源 홍원

目次

第一章
묵검신협

바람이 분다.

겨울이 물러가고 봄이 오려는 듯 바람에 훈기가 가득했다.

홍원과 단리유화 사이를 가르고 가는 바람에 홍원의 머리가 흩날렸다.

홍원은 물끄러미 단리유화를 바라보았다.

"의외로군요."

"뭐가 말이죠?"

홍원의 말에 단리유화가 물었다. 그녀의 목소리가 날이 서 있었다.

"알아차린 것 말입니다."

홍원의 말에 단리유화의 입가에 조소가 어렸다.

"절 너무 우습게 보셨군요. 그런 살기를 풀풀 풍기고도 제가 모르길 바랐나요?"

그 말에 홍원은 작게 고개를 끄덕였다.

갑자기 심상에 떠오른 거대한 도(刀)로 인해 몸에서 터져 나온 살기가 문제였다.

단리유화는 홍원이 내뿜은 진득한 살기를 겪은 적이 있었다.

예전의 그녀라면 그 두 가지 살기의 유사성을 알아차리지 못했을 것이다.

그러나 동면에서의 깨달음과 내공의 증진으로 그녀의 경지가 올랐기에 그때와 지금의 살기가 같은 사람의 것이라는 사실을 알아차릴 수 있었다.

그리고 그 사실을 홍원은 눈치챌 수 있었다.

'도와준 것이 오히려 문제가 되어버렸군.'

홍원은 쓴웃음을 머금었다.

"재미있던가요? 저를 농락하며 지켜보는 것이?"

단리유화가 다시 물어왔다. 말벌의 벌침처럼 쏘아붙인다.

"농락하려는 것은 아니었습니다만……."

홍원이 여전히 쓴웃음을 지은 채 말했다. 단리유화는 말없이 홍원을 쏘아보고 있었다.

"저를 그리 핍박하여 급박하게 떠나게 만들고는, 저와 영약을 찾으러 다니는 행동을 보인 것이 농락한 게 아니라고요?"

분노가 가득한 목소리였다.

"소저를 떠나게 한 것은 어쩔 수 없는 일이었습니다. 그리고 영약을 찾아 함께 움직인 것은 소저의 요청이었고요."

"어쩔 수 없는 일이요?"

"소저 때문에 읍성이 소란스러워지고, 제 가족이 위험할 수도 있었으니까요."

홍원의 말에 단리유화는 그의 집을 떠올렸다. 홍산과 홍해의 얼굴이 그려졌다.

"충분히 지킬 수 있는 능력이 있는 것 같은데요?"

"계속해서 많은 사람과 강한 사람들이 몰려온다면 저도 어쩔 수가 없지요."

"천하의 죽림답지 않군요."

"일개 무인일 뿐입니다."

홍원의 대답에 단리유화는 어이없다는 얼굴을 했다.

"그런 모습을 보이고, 일개 무인이요?"

그만큼 홍원의 신위는 대단했다. 단리유화로는 감히 상상도 할 수 없는 모습을 보여주었다.

그의 싸움에서 단리유화는 새로운 길의 영감을 얻기도 했다.

홍원은 어쩔 수 없이 더 많은 것을 이야기해야겠다고 마음먹었다. 어쨌든 그녀를 읍성에서 쫓아낸 것은 사실이니까.

"선문강이 소저를 그냥 두지는 않을 테니까요. 결국 숭무련의 전력들이 점점 더 강해질 텐데… 읍성은 그 혼란을 감당할 만한 곳이 아닙니다. 아무리 저라도 한계가 있어요."

선문강의 이야기가 나오자 단리유화는 입술을 질끈 깨물었다.

"깜빡 잊고 있었네요. 당신이 사부를 죽여준 은인이라는 것을요."

말 속에 뼈가 있었다.

죽림에게 의뢰를 하는 과정에서 선문강에 대한 이야기를 했었다.

아마도 그것으로 지금 단리유화 자신의 상황을 유추한 듯했다.

"제 가족의 안위를 위해 소저가 읍성을 떠나도록 강요한 것은 미안한 일입니다만, 저는 오히려 소저를 도와준 사람이에요. 그날 밤의 일도 그렇고요."

홍원의 말에 단리유화의 눈이 커졌다.

갑자기 나타났던 정체불명의 고수, 그가 눈앞의 홍원이라니. 그것은 전혀 생각지도 못한 사실이었다.

"지난번 의뢰를 마지막으로 조용히 지내려 고향으로 왔습니다만, 주변이 가만히 놔두지 않는군요."

"…대체 당신은 어떤 사람인가요?"

진정으로 궁금했다.

"그리고 지금까지 숨긴 것을 갑자기 제게 드러내는 것은 왜지요? 그렇게 정체를 꼭꼭 숨기고 저를 쫓아냈다가, 이제는 그 엄청난 신위를 보여주고. 지금 그 얼굴은 본인의 얼굴이 맞기나 한 건가요?"

홍원은 그때야 자신이 교상번에게 보여준다고 바꾼 얼굴 그대로임을 떠올렸다.

다시금 환사역혈변안공을 운용했다. 홍원의 원래 얼굴로 돌아왔다.

"이제 제 본모습이 맞습니다. 그리고 그사이 제게 약간의 변화가 있었지요. 화두를 하나 풀고 있는 중이라고나 할까… 그 때문에 제 본모습을 일부 드러낸 겁니다. 소저라면 괜찮지 않을까 하고요. 그런데 그 결과가 이리 되니 저도 조금 당황스럽군요."

"글쎄요. 누구라도 저와 같은 경험을 한다면 농락당했다고 생각할 수밖에 없을 거예요. 병 주고 약 주고… 가지고 놀았다고밖에는요."

그래도 그녀의 목소리가 많이 누그러져 있었다.

자신 때문에 읍성에 소란이 생긴 것은 그녀로서도 마음 아픈 일이었다.

홍원은 이쯤에서 그만 화제를 바꿔야겠다고 생각했다.

"그나저나, 저에게 주겠다던 보수가 제 돈이었군요."

홍원의 말에 단리유화는 멈칫했다.

할 말이 없었다.

지금 그녀는 죽림의 몫으로 남겨둔 의뢰금에 손을 대려 하고 있었으니까. 게다가 그녀가 직접 홍원에게 말하지 않았던가.

도둑질 비슷한 거라고.

하지만 꼭 채워넣을 거라고.

한데 그 말을 그 돈의 당사자에게 했던 것이니 할 말이 없는 것이 당연했다.

당황해하는 그녀의 모습을 보며 홍원은 피식 웃었다.

이제야 분위기가 좀 부드러워진 것 같았다.

"그, 그……."

단리유화는 무언가 이야기를 하려고 입술을 달싹였으나 아무런 말도 하지 못했다.

홍원은 그런 단리유화를 남겨두고 움직였다. 길을 따라 가자 작은 사당이 나왔다.

"그대로군."

홍원은 거침없이 안으로 들어갔다. 그리고 사전에 약속했던 곳을 찾으니 과연 그곳에는 예전에 약속했던 성공 보수가 그대로 있었다.

그것도 모두 금이었다.

홍원은 그것을 확인하고, 다른 곳에 숨겼다. 숨긴 당사자가 아니면 절대 찾을 수 없는 곳이다.

혹여나 이곳을 완전히 허물어 버린다면 드러날지도 모르겠지만, 그럴 일은 없을 듯했다.

낡고 찾는 사람이 없는 곳인 데다가, 토지신을 모시는 사당을 함부로 허물거나 하지 않는다.

그랬다가 토지신이 노하면 그해 농사에 대흉이 든다는 믿음 때문이다.

홍원이 다시 단리유화가 있는 곳으로 돌아왔다.

홍원의 양손을 확인한 단리유화가 고개를 갸웃거렸다. 그가 빈손으로 왔기 때문이다.

"설마 없던가요?"

단리유화가 깜짝 놀라서 물었다.

"아니요, 약속한 자리에 그대로 있더군요. 다만 당장은 가지고 갈 필요가 없을 듯하여 다른 곳에 두었습니다. 제가 받아야 할 것이니까요. 그동안 많은 일이 있어서 까맣게 잊고 있었습니다. 당연히 림주가 챙겨갔겠거니 하고요."

"그날 숭무련 전역에 천라지망이 펼쳐졌어요. 쉽게 올 수 없었을 거예요. 더군다나 당신의 짓임이 밝혀진 후에는 은살림 전체가 척살 대상이었으니까요."

그랬다.

아마 그래서 그대로 있는 듯했다.

"의뢰를 받을 때 미처 고려하지 못한 부분이군요. 뭐, 그 덕분에 지금 그렇게 큰돈을 얻었습니다만. 생각지도 못했던 거라 하늘에서 뚝 떨어진 것 같은 기분이군요."

홍원이 웃으며 말했지만 단리유화의 얼굴은 어두웠다.

홍원에게 줄 보수에 대한 생각 때문이다. 죽림이 자신을 농락했다는 생각에 화를 내기도 했다.

그러나 그녀가 홍원에게 큰 신세를 진 것은 분명 사실이었다.

무려 반 갑자의 내공을 늘려준 영약을 그 덕에 얻지 않았던가.

그런 단리유화의 모습을 본 홍원이 웃으며 말했다.

"애초에 보수를 받을 생각은 없었습니다."

"…네?"

"어차피 그 하수오는 제가 아니라 어르신이 얻으신 것이니까요."

"그래도, 장 공자에게 빚진 목숨 값이라고……."

단리유화의 말에 홍원이 고개를 가로저었다.

"어르신의 마음이 편해지셨으면 그걸로 된 겁니다. 그 일에
는 값을 매길 수 없다고 생각하니까요. 오히려 보수를 받게 되
면, 어르신의 목숨에 값을 매긴 것 같아서 제가 더 불편합니
다."

홍원이 담담하게 말했다.

"아무리 그래도 제가 아무런 보답을 하지 않을 수는 없어요."

"괜찮아요. 정 그렇게 생각하신다면 죽림이 소저를 농락한
대가라고 생각하시지요."

이어진 홍원의 거절이었다.

"그렇다면 왜 저와 함께 움직이신 거죠?"

알 수 없다는 얼굴로 묻는 단리유화의 말에 홍원은 담담히
대답했다.

"잠시 읍성을 떠나 강호로 나와야 할 핑계가 필요했거든요.
그 덕에 재미있는 경험도 했지요."

사혈궁의 대공자를 자근자근 밟은 것이 그에게는 재미있는
일 정도인가란 생각에 단리유화는 어이가 없었다.

"이제는 죽림에서 벗어나서, 장홍원이라는 한 사람으로 조용
히 가족과 살고 싶은데… 그게 쉽지가 않더군요. 그래서 어떻
게 해야 하나 고민하는 와중에 생긴 화두가 있습니다. 그걸 풀
어보려 소저와 함께 움직인 겁니다. 제가 어찌 살아야 하나…
여전히 모르겠습니다."

"그런 건가요? 그렇게 강한데도 고민할 것이 있나 보군요."

단리유화는 홍원의 말을 이해할 수 없었다.

무려 무림오천존 중 일인을 죽인 살수다. 거기에 그날 밤과 조금 전에 보인 신위는 또 어떤가.

절대 그 누구의 눈치도 보지 않고 무림을 홀로 독보할 수 있는 힘을 지니고 있는 사람이다.

그런데 어찌 살아야 할지 몰라 고민 중이라니.

자신에게 그런 힘이 있다면, 이처럼 선문강의 마수를 피해 집도 없이 떠돌지 않아도 될 텐데 말이다.

"사람들에게는 저마다의 사정이라는 것이 있으니까요."

"그런데 괜찮으신 건가요?"

"뭐가 말이죠?"

홍원의 물음에 단리유화가 조금은 심각한 얼굴로 말했다.

"저에게 그 모든 것들을 이렇게 알려주시는 거요. 저는 조금 전의 대화로 죽림의 가장 큰 약점을 알았으니까요."

죽림의 약점.

그것은 가족이다.

예전에는 없었던 약점이 이제는 생겨 버린 것이다.

그 말에 홍원은 빙그레 웃었다.

"당금 천하에 그 사실을 아는 사람은 딱 두 사람입니다. 저와 소저."

홍원의 말속에 담긴 뜻이 결코 가볍지 않았다. 단리유화는 그 사실을 너무나 잘 알았다.

홍원의 웃음이 예사 웃음으로도 보이지 않았다.

"명심하도록 할게요."

그 말에 홍원은 만족스러운 얼굴로 고개를 끄덕였다.

"그리고 이제 강호에 죽림은 없습니다. 개인적인 사정으로 인한 살업이었고, 이제는 끝났으니까요."

그렇게 말하는 홍원의 얼굴은 씁쓸하기 그지없었다.

"그저 장홍원이라는 한 사람의 무인이 있을 뿐입니다. 그냥 약초꾼으로 살고 싶었는데 왠지 세상이 그렇게 놔두지 않을 것 같네요."

"감사해요. 저를 도와주신 것 모두요."

단리유화가 갑자기 허리를 숙였다. 그녀의 입장에 대한 생각이 끝난 듯했다.

"별말씀을요. 저도 소저와 함께한 덕에 새로운 화두를 얻었습니다."

말 그대로였다.

그녀에게 영약을 자연스레 건네주기 위해 산인을 찾았다가 얻게 된 화두다.

지금 홍원은 그 화두에 모든 관심이 가 있었다.

그리고 즐거웠다.

화두를 풀지 못하는 답답함조차 즐거웠다.

무언가에 전심전력을 다해 도전한다는 것, 그 자체가 즐거웠다.

요즘 홍원은 그 즐거움을 깨달아가는 중이었다.

결국은 사부의 말대로였다.

일단 행하라. 그걸 의도하고 시작한 동행은 아니었다. 동생의 부탁과 여타 사정으로 시작된 동행이었다.

일단 그렇게 행하니 많은 변화가 생기고 새로운 길이 보였다.

비록 미로와 같은 길이나, 그 길을 나아가는 즐거움도 생겼다.

그녀에게 이리도 친절히 이야기를 해준 것은 아마도 그 즐거움에 대한 보답일런지도 몰랐다.

"그럼 앞으로는 어찌하실 생각인가요?"

단리유화가 물었다.

실상 그들의 여정은 이제 끝났다.

돈을 숨겨둔 곳에 왔고, 홍원이 돈을 얻었으며, 단리유화에게 보수는 필요 없다는 사실을 알렸다.

이제 더 이상 두 사람이 함께할 이유가 없었다.

그리고 홍원 또한 이렇게 강호를 떠돌 이유가 없었다. 이제 읍성으로 돌아가야 할 때다.

그러나 홍원은 아직은 그러고 싶지 않았다.

남겨둔 가족들이 걱정이 되기는 했으나, 묵린과 산인을 믿었다.

"글쎄요. 조금 더 둘러보고 가지 않을까 싶네요."

홍원의 시선이 숭무련이 있는 곳으로 향했다. 그와 동시에 홍원의 얼굴이 변했다.

환사역혈변안공은 굉장히 유용했다.

교상번 덕분에 떠올린 무공이다. 미운 놈이 예쁜 짓을 하나

한 것 같은 느낌이었다.

변안공 덕에 정체를 노출시킬 일이 거의 사라졌으니 홍원의 행보에 제한도 사라졌다.

그 때문일 것이다. 숭무련을 한번 둘러보고 가야겠다고 생각한 것은.

홍원의 얼굴이 천천히 변했다.

변화가 끝난 얼굴은 그야말로 미남자라는 말이 어울리는 얼굴이었다.

"대단하군요."

그 모습에 단리유화는 경탄했다.

"이런 얼굴로 한 번쯤은 지내보고 싶다는 생각을 어릴 적에는 했었지요."

홍원이 싱긋 웃으며 말했다. 그 웃음이 너무나 매력적이었다. 어느 여인이든 단번에 반할 것만 같은 미소였다.

홍원이 흑운을 뽑았다.

얼굴이 바뀌었으니 굳이 흑운을 답답하게 위장할 필요가 없을 것 같았다.

이제 흑운은 이 미남자의 애병이 될 것이다.

내공을 불어넣어 흑운의 답답한 옷을 벗기려 하는 순간, 홍원은 내공의 움직임을 멈췄다.

다수의 기척이 느껴졌다.

길이 아닌 곳에서 다가오는 기척이다. 거리가 멀었으나 그 방향은 아까 그 토지신을 모신 사당 쪽이었다.

"누군가 다가오는군요."

숭무련의 영역이다. 누구든 만나서 좋을 일이 없을 것이라 생각한 단리유화의 얼굴에 다급한 기색이 어렸다.

"일단 상황을 봐야겠네요."

홍원과 단리유화는 몸을 날렸다.

*   *   *

암영대주는 기존에 남아 있던 절반의 대원들과 이번 임무에서 복귀한 서른의 인원을 모두 소집했다.

선문강이 안가에서 암영대를 추스르라 하기도 했고, 암영대주 그 자신이 생각하기에도 한번 정리를 해야 했다.

암영대에 안가가 따로 있는 것은 아니었다. 각자 정체를 숨기고 지내다가 소집 명령에 따라 모이는 곳이 정해져 있을 뿐이다.

엄밀히 따져서 안가라 하면, 각자가 정체를 숨기고 지내는 곳이라 해야 할 것이다.

암영대의 근거지는 숭무련 본련에서 조금 떨어진 토지신을 모시는 사당이었다.

그곳에 모여서 임무 하달과 무공 전수 등이 이루어졌다.

그렇게 하기 위해서 원래 인적이 없던 그곳을 더욱 인적이 없게 만들었다.

신도련주의 사후, 암영대가 선문강 아래로 들어간 이후 근거지를 이곳으로 옮겼다. 기존의 근거지는 아는 이들이 있었기에 취한 조치였다.

암영대주의 명령에 따라 정해진 시간에 맞춰서 백팔십여 명의 암영대가 토지신을 모신 사당으로 향했다.

그중에는 암영대주도 있었다.

빠르게 이동하던 암영대주가 우뚝 걸음을 멈췄다. 그리고 주변을 조심스레 살폈다.

복면 아래 그의 눈빛이 어둡게 가라앉았다.

"누군가가 얼마 전까지 이곳에 있었다."

작게 중얼거렸다.

암영대주는 다른 사람의 흔적을 발견한 것이다.

삐이이이익!

암영대주가 입에 물고 분 호각 소리에 암영대의 집합 장소가 바뀌었다.

사당이 아닌 암영대주가 호각을 분 장소로 말이다.

사당이 그들의 근거지라 하더라도 실제로 그곳을 그들만의 요새로 만들거나 그런 것은 아니다. 그저 모이는 장소로 활용할 뿐이다.

사람이 거의 접근하지 않는 장소로 만들었다고는 하지만, 평소와 달라진다면 숭무련 내의 다른 세력이 알아차릴 수가 있었기 때문이다.

암영대주가 잠시 기다리자 속속들이 대원들이 모여들었다.

"누군가가 근처에 있었다."

암영대주가 낮게 말했다.

"묵영대나 흑영대일 수도 있고, 아니면 다른 쪽일 수도 있다."

공야 련주가 새로이 련주의 위에 오르고, 그것을 알리기 위한 무림 대회를 개최한다고는 하지만, 아직 숭무련 내부의 알력 다툼이 완전히 끝난 것이 아니다.

서로가 서로를 견제하고 있었기에, 어느 쪽의 인물인지 알 수 없었다.

암영대가 임무에 나갔다가, 큰 손실이 생겼다는 사실은 아직 선문강을 제외하고는 아는 이가 없었다.

"찾아라!"

암영대주가 작지만 강한 목소리로 내린 명령에 백팔십의 인원이 순식간에 사라졌다.

그리고 홍원은 멀리서 그 모습을 지켜보고 있었다.

나무와 나무 사이에 몸을 숨겼지만, 저 정도의 인원이 근처를 수색한다면 곧 들킬 것 같았다.

'공교롭군.'

무슨 일인지 모르지만, 저들이 이곳으로 오다니 참으로 기이하다 싶었다.

암영대라고 했던가.

단리유화의 말을 따르면 분명 그런 이름의 집단이었다.

그 대주로 보이는 자가 발견한 흔적, 그것은 홍원 자신의 것이 아니었다. 살수 때의 습관 때문인지, 무공을 사용해 움직일 때는 늘 흔적을 남기지 않고 움직였다.

하지만 단리유화는 그렇지 않았다.

아마도 그녀가 남긴 흔적을 발견하였을 것이다.

그렇다면 이곳도 금방 찾아내리라. 이곳으로 몸을 숨기는 과정에서도 단리유화가 흔적을 남겼을 테니까.

아무리 조심하더라도, 단리유화 같은 일반 무인은 흔적을 남길 수밖에 없었다.

그리고 암영대라는 곳은 그런 흔적을 찾아내는 전문가들이었다.

[소저가 말한 암영대라는 자들입니까?]

[그래요. 그때 그들이에요.]

홍원의 전음에 단리유화 역시 전음으로 답했다.

[저들이 왜 이곳으로 온 건지 혹시 알고 있소?]

[몰라요. 하지만 짐작은 가요. 아마도 그 사당이 저들의 근거지가 아닐까 해요.]

그러면서 단리유화는 암영대뿐만 아니라 흑영대와 묵영대의 특징에 관해 설명했다.

그들은 숭무련의 숨겨진 더러운 칼이었기에, 평소에는 정체를 숨기고 지내다가, 이렇게 근거지를 정해서 모인다고 말이다.

홍원은 고개를 끄덕였다.

하필이면 자신이 성공 보수를 받기로 한 곳이 저들의 근거지가 되어버린 듯했다.

그러고 보면 인적이 거의 없어 골랐던 접선 장소치고는 깨끗하게 관리되었던 것 같았다.

'신기하군. 저들이 그렇게 사용하고 있는 곳인데, 그 성공 보수가 그대로 있었다니.'

그런 홍원의 생각을 읽었음인가. 단리유화는 그들이 근거지에서 하는 행동을 간단히 설명해 주었다. 그제야 홍원은 이해가 갔다.

그렇다면 자신이 다시 숨겨 놓은 장소도 안전하리라.

[아무래도 저들이 곧 우리를 찾을 것 같습니다.]

홍원의 전음에 단리유화의 얼굴이 어두워졌다.

이어진 홍원의 설명에 이 일이 자신이 남긴 흔적 때문임을 깨달았기 때문이다.

읍성에서보다 오히려 인원도 더 많았다.

그리고 이곳은 숭무련이 지척이다. 소란이 벌어졌다가는 숭무련의 무사들이 몰려들 수도 있었다.

[조용히 피하기는 어려울 것 같은데, 어떻게 하길 원합니까?]

홍원의 물음은 두 가지의 선택을 내포하고 있었다.

싸울 것이냐, 도망갈 것이냐.

어느 것을 선택하더라도 시끄러워지는 것은 막을 수 없었다.

전투의 소란과 도주의 소란.

둘 중 하나를 선택해야 한다. 홍원이 새삼 그 선택권을 단리유화 자신에게 준 것이 고마웠다.

이제 헤어져 각자의 길을 가려던 찰나에 벌어진 일이건만, 그는 자신을 배려해 주고 있었다.

단리유화는 머리를 열심히 굴렸다.

위기라면 위기인 상황이다. 하지만 그렇게 큰 위기감이 느껴
지지는 않았다.

홍원과 함께 있기 때문이리라.

시시각각 암영대의 수색이 가까워져 오고 있었다.

그 찰나, 단리유화의 머리에 좋은 생각이 떠올랐다.

[숭무련 구경 한번 해보시겠어요?]

단리유화의 전음에 홍원은 고개를 갸웃거렸다. 그녀는 숭무
련의 선문강을 피해서 다니는 처지 아니던가.

그리고 지금 이곳을 수색하는 이들은 선문강의 수족이었다.

[이곳까지 왔으니, 그것도 나쁘지는 않습니다만…….]

좋을 것도 없지만 나쁠 것도 없었다.

아니, 어쩌면 좋을 수도 있었다.

홍원이 얼굴을 바꾼 것은, 자신과 같은 무공을 가진 사람의
자연스러운 삶이 어떤 것인가 겪어보기 위함이다.

전혀 새로운 사람으로 나타나, 무림인들 사이에 섞여 홍원
자신의 삶과는 다른 삶을 살아봄으로써 자연스럽다는 것에 한
발 다가가 보려는 것이다.

그 와중에 많은 무림인이 모이는 숭무련으로 들어가는 것
또한 색다른 경험이 될 듯했다. 화두를 풀어가는 데 도움이 되
는 것은 물론이다.

[그렇다면 싸워야겠군요. 하지만 최대한 살수는 자제하고 저
들과 요란하게 싸워야 해요.]

까다로운 주문 같았다.

그냥 덤벼드는 적들을 상대하면서 계속해서 버티라는 소리 아닌가.

[실수는 절대 쓰면 안 되는 겁니까?]

홍원의 물음에 단리유화는 고개를 저었다.

[아니요. 공자의 실력이면, 너무 이른 시간에 저들을 쫓아버릴 수도 있을 것 같아서요. 최대한 시간을 끌어야 한다는 의미예요.]

[그렇군요.]

[무림 대회 때문에 숭무련의 경계 태세는 최상인 상황이에요. 어차피 저를 노리는 사람은 선문강 하나이고, 그의 칼은 저들 암영대 하나죠. 이곳에서 소란을 피워 숭무련의 무사들이 이곳에 온다면, 오히려 선문강은 섣불리 절 어쩌지 못할 거예요.]

그녀의 계획에 홍원은 눈을 빛냈다. 그 말대로였다. 숭무련의 일반적인 무사들은 암영대의 존재를 모른다.

단리유화가 저들과 싸우게 된다면, 숭무련에서는 정체불명의 무리가 단리유화를 노린다고 생각할 터.

그 상황에서 암영대로서는 단리유화를 이제는 노릴 수 없게 된다. 숭무련 전체와 싸우려는 것이 아닌 이상은 말이다.

그리고 선문강 역시 주변의 눈 때문에 단리유화를 노릴 수 없게 되는 것이다.

저들을 만난 것이 위기일 뻔하였으나 단리유화는 그것을 기회로 만들었다.

어차피 선문강이 단리유화에게 신경을 쓸 수 없다는 것을 알고 이곳으로 온 터다. 그 와중에 암영대와 마주쳐 난감했으나, 쉽게 해결책을 찾아냈다.

그 모든 것이 홍원과 함께 있기 때문이다.

절대적인 무력이 함께하기에 이런 계획도 세울 수 있었다.

"이곳으로 흔적이 이어집니다!"

그때 암영대의 누군가가 외쳤다. 일부러 외친 것이다. 발견되었다는 사실에 놀라서 뛰쳐나가도록.

이미 다른 이들이 그 주변을 에워싸 언제든 추적할 수 있는 준비를 마친 상황이다.

"발견됐군요."

홍원은 더는 전음을 사용하지 않았다.

이미 위치를 들킨 상황에서 계속해서 전음을 사용하는 것은 의미가 없었기 때문이다.

홍원은 환사역혈변안공을 사용해 체형을 조금 더 키웠다. 무공을 펼치는 데 지장이 없는 수준에서 어깨를 조금 더 넓게 키도 조금 더 크게 바꾸었다.

옷이 조금 작아진 느낌이 들었다.

그 준비가 끝난 후 홍원이 단리유화에게 눈짓을 했다.

홍원과 단리유화는 몸을 날렸다. 그들이 나간 방향은 암영대의 예상과는 반대였다.

자신들을 발견했다고 외친 이가 있는 쪽이었다.

갑작스레 나타난 두 사람의 모습에 그는 무척 당황한 눈을 했다.

복면을 쓰고 있어 표정을 볼 수 없는 것이 아쉬울 정도였다.

"다, 단리유화다!"

그러나 그는 금세 단리유화의 얼굴을 알아보았고, 크게 외쳤다. 단리유화가 면사를 쓰고 있음에도 알아본 것이, 과연 암영대의 대원이었다.

그의 외침에 암영대주를 비롯한 인원들이 서둘러 그곳으로 달렸다.

홍원과 단리유화는 여유로운 얼굴로 그들을 기다렸다.

속속들이 암영대가 도착했다.

그들은 홍원과 단리유화가 도망치지 못하도록 둥글게 포위했다.

우거진 나무 사이사이에 그들이 자리했다.

그러기를 얼마일까.

암영대주가 도착했다.

그는 상당히 놀란 얼굴로 단리유화를 바라보았다.

"의외인가요?"

단리유화가 그를 보며 물었다. 암영대주는 아무 말이 없었다.

"역시 암영대주로군요."

그 말에 암영대주의 눈이 살짝 떨렸다. 그로서는 단리유화가 자신들의 정체를 알 것이라 예상치 못했기 때문이다.

"암영대뿐만 아니라, 묵영대와 흑영대의 존재도 알고 있지요. 사부의 일을 제법 많이 도왔거든요."

그랬다. 그녀는 련주의 제자들 중 가장 유능한 인물이었고,

런의 여러 가지 일에도 직접 관여했었다.

그렇다면 자신들의 존재를 알 수도 있겠다 싶었다.

그날 밤, 아마도 자신들의 정체를 알아챘을 것이다. 그때 그렇게 당하고 포기했건만, 이렇게 다시 만나다니.

"선 군사께서 실망 많이 하셨지요? 제 목을 가지고 가지 못해서."

단리유화가 살짝 미소 지으며 물었다. 그 물음에 암영대주는 흠칫 몸을 떨었다.

아무리 그라도 놀랄 수밖에 없는 물음이었으니까.

"너무 많은 것을 알고 계시는군요. 제발 죽여달라는 소리로 들립니다."

결국, 암영대주의 입이 열렸다. 그의 탁한 목소리가 단리유화의 귀를 자극했다.

홍원은 한발 물러서 그 모습을 가만히 지켜보고 있었다.

암영대주의 시선이 잠시 홍원에게 머물렀다가 단리유화를 향했다.

"저 허여멀건 놈을 믿으시는 겁니까? 지금 이곳은 저희 앞마당입니다. 인원도 그때보다 더 많고요. 그리고 그때 그 정체불명의 고수도 없습니다."

암영대주의 말에도 단리유화의 미소는 지워지지 않았다.

그가 말한 것 중 틀린 것이 하나 있었기 때문이다. 그때 그 정체불명의 고수가 함께 있었으니 말이다.

"과연 당신들이 절 죽일 수 있을까요? 이곳에서?"

단리유화의 도발에 암영대주는 피식 웃었다. 복면에 가려 그의 웃음이 두 사람에게는 보이지 않았다.

"살아날 수 있을 것 같습니까? 군사께 좋은 선물을 가지고 갈 수 있겠군요. 그러잖아도 저희에게 실망을 많이 하신 듯했는데 말입니다."

그 말이 신호였을까.

암영대의 인물들이 검을 뽑았다.

단리유화 역시 기수식을 취하며 두 주먹에 내공을 잔뜩 불어넣었다.

이곳으로 오는 동안 권갑을 마련하지 못한 것이 아쉬웠다. 그놈의 돈이 문제였다.

이번에 숭무련에 다시 들어가게 되면 권갑부터 새로이 맞춰야겠다는 생각을 했다.

생사 대적을 앞두고 이렇게 딴생각을 하는 여유라니. 홍원이 그만큼 믿음직스러웠다.

홍원은 여전히 단리유화의 한 발 뒤에서 여유로운 얼굴로 상황을 지켜보고 있었다. 어차피 이번 싸움의 목적은 소란을 피우는 것이다.

그렇다면 단리유화가 마음껏 날뛰도록 두는 것도 괜찮을 것 같았다.

향산에서의 깨달음을 실전에서 정리하는 것도 좋은 수련이었기에 홍원은 아직은 지켜만 보고 있었다.

온몸에 충만한 내공 덕에 단리유화의 옷자락이 펄럭였다. 두 주먹에서는 내공이 아지랑이처럼 피어오르다가, 강기를 형성했다.

그 모습을 지켜보는 암영대주의 눈빛이 낮게 가라앉았다.

'더 강해졌다. 그 짧은 시간 동안 무슨 일이 있었던 거지?'

그는 단리유화의 변화를 알아보았다.

그의 신호에 암영대가 천천히 단리유화와의 거리를 좁히기 시작했다.

그녀의 두 주먹도 천천히 움직이기 시작했다.

묵천붕뢰권의 기수식에 따라 천천히 움직이는 그녀의 모습이 마치 거대한 산과 같이 다가왔다.

읍성에서의 그녀와 지금 이곳에서의 그녀는 분명히 다른 사람이었다.

암영대주는 마른침을 삼킨 채 검에 내공을 불어넣었다.

이른 시간 안에 이곳에서 그녀를 잡아야 했다.

"쳐라!"

싸움의 시작을 알리는 명령이 그의 입에서 떨어졌다.

암영대의 무사들이 단리유화를 향해 몸을 날렸다.

단리유화는 마주 뛰쳐 나갔다. 그녀의 움직임은 날랜 비호(飛虎)와도 같았다.

자신을 향해 달려드는 암영대 무사들의 한가운데 뛰어들었다.

사방을 포위하며 검이 날아들었다. 단리유화는 강기를 머금은 두 주먹을 어지러이 휘둘렀다.

챙, 채챙!

검과 주먹이 부딪힌 소리가 요란하게 울렸다. 단리유화의 움직임에는 거침이 없었다.

지난날, 읍성에서 내공을 가늠하며 싸울 때와는 차원이 다른 움직임을 보여주었다.

그때와 비교하면 내공이 두 배로 늘었다.

하지만 단리유화의 강함이 단순히 산술적으로 두 배가 늘어난 것이 아니다.

내공의 부족으로 사용하지 못하던 초식을 펼치기 시작했고, 또한 깨달음도 있었다.

깨달음 덕에 내공이 늘지 않았다 하더라도 두 배는 강해졌던 단리유화였다. 거기에 더해 내공까지 갑절로 늘었으니 묵천붕뢰권을 펼침에 거침이 없는 것이 당연했다.

그런 단리유화의 움직임을 바라보는 암영대주의 두 눈이 당혹으로 물들었다.

읍성에서 싸웠던 것이 며칠 전이라고.

더 강해졌다고 생각은 했지만 단순히 그 정도가 아니었다. 그녀는 완전히 달라져 있었다.

일대일로 싸운다면 암영대주 자신은 그녀의 백초지적이 되지 못하리라는 생각이 들었다.

그사이 벌써 십수 명의 암영대 무사들이 쓰러졌다.

검이 부러져 나갔고, 무사들의 얼굴에 피가 터졌다.

우르릉.

그녀의 주먹이 암영대 무사들을 격할 때마다 낮은 뇌성(雷

聲)이 울렸다.

처음에는 착각일까 했는데, 아니었다.

분명히 두 귀에 들렸다.

'뇌성이라니……'

극성에 이른 묵천붕뢰권은 뇌성벽력(雷聲霹靂)을 부른다!

묵천붕뢰권에 얽힌 전설이다.

전대 련주 신도운악도 뇌성벽력을 부르지는 못했었다. 그도 극성에 이르지는 못한 것이다.

그중 뇌성이 울리기 시작한다면 묵천붕뢰권의 체화가 끝이 난 수준이라는 반증이었다.

신도운악이 펼치는 묵천붕뢰권은 그야말로 천둥이 치는 듯한 울림을 떨쳤다.

벽력이 내리치지 않았기에 그가 극성에 이르지 못했다 할 뿐, 그는 극성의 벽 앞까지 그 경지가 이르렀던 극강의 무인이었다.

한데 단리유화의 주먹에서 낮게나마 뇌성이 울리고 있었다.

'무슨 일이 있었던 것이냐?'

암영대주는 이를 악물었다. 이미 판은 벌어졌다.

여기서 물러설 수는 없었다.

홍원은 담담한 눈으로 단리유화의 싸움을 지켜보고 있었다.

그사이 또 발전이 있었다.

향산에서 깨달음을 얻은 이후의 수련 때와는 또 다른 모습이다. 아마도 사혈궁과 자신의 싸움에서 무언가 영감을 얻은 듯했다.

자신의 싸움과 지금 그녀의 싸움에는 공통점이 하나 있었다.

일 대 다수의 싸움이었다.

물론 상황에 놓인 이들의 수준 차이가 극심했지만 그녀는 잘 싸우고 있었다.

'분명이 무공에 관해서는 뛰어난 재능을 가지고 있어.'

홍원은 고개를 끄덕였다.

그 덕에 홍원은 암영대에게 잊힌 존재가 되었다. 그녀는 예상을 뛰어넘어 더 잘 싸우고 있었다.

홀로 벌써 스무 명이 넘는 적을 쓰러뜨렸다.

지난날, 읍성에서는 상상도 할 수 없는 수준이었다. 어쩌면 그녀의 이런 잠재력을 알아보았기에, 신도운악이 그녀에게 아무런 지원을 안 해준 것인지도 몰랐다.

보통의 사부라면 제자의 뛰어난 재능을 기뻐해야 하건만, 신도운악은 두려워한 듯했다.

그가 저지른 죄악이 있기 때문이다.

주먹을 내지르는 단리유화의 얼굴에서 표정이 사라졌다. 그리고 눈의 초점도 흐려졌다.

또 다른 무아지경에 빠져들고 있는 모습이었다.

홍원이 그 사실을 알아차렸다.

"언제까지 보고만 있을 수는 없겠군."

낮게 중얼거리며 한 발 앞으로 움직였다.

가만히 있던 홍원이 움직이자 암영대 중 몇몇의 시선이 그를 향했다.

홍원이 천천히 흑운을 뽑았다.

아까 하려다 중단한 일을 계속했다. 홍원은 흑운에 자신의 내공을 한껏 불어넣었다.

흑운을 옭아매고 있는 거추장스러운 옷.

홍원이 의도하여 폭발적으로 불어넣은 내공에 부딪혀 산산히 깨져 나갔다.

은빛 부스러기가 사방으로 비산한다.

햇빛을 받아 반짝이는 가루가 홍원을 에워쌌다. 홍원은 그 빛무리 사이로 걸어나왔다.

칠흑같이 새까만 검을 들고는 암영대를 향해 뛰어들었다.

지금 단리유화는 다시 한 번 깨달음의 영역에 들어가 있는 상태다. 위험하다면 위험했다.

그녀가 감당할 수 없는 공격에 노출되면 오히려 기혈이 역류해 내상을 입을 염려가 있었다.

심하면 주화입마까지 빠져들 수도 있었다.

그래서 홍원이 조금 빨리 나선 것이다. 홍원으로서도 그녀가 이렇게 갑자기 무아지경에 빠져들 것이라고는 예상하지 못했다.

홍원은 한가로이 산책 나온 듯한 얼굴로 암영대 무사들 사이를 움직였지만, 그 기세는 표정과는 완전히 달랐다.

흡사 성난 호랑이처럼 흑운이 움직였다.

홍원의 검에 암영대는 추풍낙엽처럼 쓰러져 나갔다.

암영대주의 시선이 단리유화에게서 홍원에게로 향했다. 그는 두 눈이 찢어질 듯 부릅떴다.

말도 안 되는 신위를 보이고 있었다.

허여멀건 놈이라 우습게 보았던 자신의 두 눈을 뽑아버리고 싶었다.

단리유화의 무위만 해도 놀라운 것인데, 저 정체불명의 무인은 그런 단리유화를 우습게 보일 정도의 신위를 보이고 있었다.

그에게 달려들었다가 쓰러져 나가는 부하들을 보고 있자니 기시감이 들었다.

분명 언젠가, 어디선가 본 적이 있는 모습이다.

"으, 읍성……."

떠올랐다.

그리 오래 지나지 않은 일이기에 금세 떠올릴 수 있었다.

아니, 그때 당시의 충격이 워낙에 컸기에 금세 떠올렸다. 그날 밤의 일 때문에 자신이 이곳으로 온 것이지 않던가.

그때와 같았다.

저 괴물같이 압도적인 무공은 그날 밤과 한 치의 틀림도 없었다.

"서, 설마……."

암영대주의 목소리가 잘게 떨렸다.

홍원은 그런 그에게 전혀 관심이 없었다. 그저 달려드는 적들을 베어 넘길 뿐이다.

그날 밤과 다른 점이라면 살수를 최대한 자제하고 있다는 점이다. 대부분 검면을 맞고 쓰러졌다.

단리유화가 언질을 준 것 때문이었다.

홍원은 단리유화의 주변으로 다가가 일단 그곳부터 정리했다. 그녀의 주변에는 더 이상 적이 없었다.

어느새 그녀의 두 주먹에 모두 쓰러졌다. 그럼에도 그녀는 주먹을 휘두르길 멈추지 않았다.

작은 뇌성과 함께 그녀는 끊임없이 묵천붕뢰권을 펼쳤다.

검은 하늘에서 떨어지는 절대적인 벼락.

그것에는 한참 못 미치는 권법이지만 그 기세가 제법 웅혼했다.

홍원은 그런 그녀를 두고 주변의 암영대를 계속해서 쓰러뜨렸다.

이번에 펼친 검법은 천선이 아니었다.

사부의 성명절기인 무유팔절검해가 펼쳐지고 있었다.

몸 안의 또 다른 자신과 살기를 다스릴 겸, 최대한 살수를 자제하고 적들을 쓰러뜨릴 겸 선택한 것이었다.

그날 밤과는 전혀 다른 검법을 펼치는 홍원을 보면서도, 암영대주는 확신할 수 있었다.

그자다.

백오십의 부하들을 쓸어버렸던 그자가 분명했다.

저런 압도적인 강함을 지닌 이라면, 검법의 종류는 무의미하리라.

흑운의 움직임이 점점 커졌다.

'최대한 소란을 피우는 것이 좋다고 했었지?'

변화한 검의 움직임에 파공성이 점점 커졌다. 홍원은 요란한 소리를 내면서 무유팔절검해를 펼쳤다.

사부가 펼치던 방식과는 전혀 다른 방식이다.

조용하고 허허로우며 얽매임 없이 자연스러우셨던 사부다.

그랬기에 이런 식으로 검법을 펼친 적은 단 한 번도 없었다. 홍원 역시 처음이었다. 배운 것이 아니었다.

상황에 맞춰 다른 변주를 넣어 검을 움직이고 있었다. 새롭게 다가왔다.

무유팔절검해이지만, 무유팔절검해와는 달랐다.

홍원의 심상에 다시 한 번 영감이 찾아왔다. 하지만 홍원은 영감에 빠지지 않았다.

그 정도의 경지에 올랐기에, 그 영감을 잘 포장해 심상 한쪽에 두었다.

언젠가 여유가 될 때 풀어보리라.

조금 전만 해도 검면에 맞고 픽픽 쓰러지던 암영대원들이 달라졌다.

이제는 비명을 지르며 뒹굴었다. 심한 자는 저 멀리 날아가 나무를 부러뜨리며 쓰러지기도 했다.

점점 소란스러워졌다.

검에서 울리는 파공성이 적들의 비명과 어우러져 시끄러운 소음을 한껏 끌어내고 있었다.

이 와중에도 단리유화는 자신만의 세계에서 권법을 펼치고 있었다.

홍원이 힐끗 단리유화를 쳐다보았다.

'좀 더 저 세계 속에 있게 해주고 싶지만……'

홍원도 무인이다. 그리고 그도 읍성에 돌아온 이후 몇 번이나 각성의 기연을 경험했다.

그래서 지금 단리유화가 얼마나 큰 기회를 맞고 있는지 잘 알고 있었다.

하지만 이제 슬슬 현실로 돌아와야 할 때다.

홍원이 일으킨 소란이 숭무련 무사들의 감시망에 걸려들었다. 수많은 움직임이 이곳으로 오고 있음이 느껴졌다.

홍원은 손가락으로 흑운의 검신을 퉁겼다.

투우우우웅.

검신이 떨리며 낮은 검명이 사방으로 퍼져 나갔다.

암영대에게는 아무런 영향이 없는 단순한 소리였다. 그러나 단리유화는 달랐다.

그 소리가 고막을 때리는 순간 서서히 그녀의 두 눈에 초점이 돌아왔다.

그리고 몸을 잘게 떨었다.

"무슨 일이 있었던 거지요?"

단리유화가 홍원을 보며 물었다.

"기연이죠."

홍원이 그녀의 곁에 다가오며 짧게 말했다. 그 대답에 그제야 그녀는 머릿속이 맑게 개며 그 속에 그려지는 움직임을 인식했다.

그리고 진한 아쉬움을 느꼈다.

"아쉽네요."

그녀의 목소리에는 진심이 가득했다.

"동감입니다. 하지만 이제 슬슬 정리해야 할 때라 어쩔 수가 없었습니다. 숭무련의 무사들이 오고 있거든요."

아직 단리유화의 감각에는 그런 기척이 느껴지지 않았다. 하지만 그가 그렇다면 그런 것이리라.

그의 강함은 그녀의 수준으로 재단할 수 있는 것이 아니었기에.

단리유화는 가만히 주변을 둘러보았다. 그리고 깜짝 놀랐다.

제대로 서 있는 이들이 사오십 명밖에 없었다.

자신이 스물 정도를 쓰러뜨린 것은 기억이 났다. 그 짧은 시간에 홍원이 백에 가까운 이들을 쓰러뜨린 것이다.

그 와중에 죽은 이는 하나도 없었다.

두 사람이 가만히 암영대주를 쳐다보았다.

암영대주도 느끼고 있었다. 이곳으로 다가오는 일단의 무리들의 움직임을 말이다.

그가 단리유화보다 강해서 느끼는 것이 아니었다.

그의 무공 특성이 감각을 예민하게 만드는 것이라 그랬다.

난감했다.

지금 부하들 대다수가 쓰러져 있었다. 정신을 잃었던 이들은 서서히 정신을 차리는 것 같았지만, 제대로 움직일 수 있을

지 알 수 없었다.

이제 시간이 일각도 남지 않았다.

숭무련의 무사들은 자신들의 정체를 모른다. 숭무련의 코앞에 복면을 한 수많은 무사들이라니.

그대로 끌려가 모진 고초를 당할 수도 있었다.

더욱이 지금 그들이 대치하고 있는 인물은 단리유화다.

현재 숭무련에는 단리유화가 수련을 위해 여행을 떠났다고 알려져 있다.

이 모습이 숭무련의 무사들에게 보인다면?

그대로 숭무련으로 압송되어 모진 고문을 당하리라. 선문강은 모른 척할 것이다.

그 모든 상황이 암영대주의 머릿속에 그려졌다.

'젠장.'

이를 악 물었다.

일단 이곳에서 몸을 빼내야 했다.

[모두 어서 몸을 추슬러라! 응급요상결을 운용해서라도 어서!]

암영대주가 전음으로 모든 대원에게 다급히 말했다.

응급요상결.

암영대, 묵영대, 흑영대에 비밀리에 전수된 요상결로 선천진기를 사용한 방법이다.

제 수명을 깎아서 몸을 치료하는 방법이다.

절대로 죽어서는 안 되는 절박한 상황을 대비해서 만들어진 방법이었다.

그의 명령에 정신을 차리고 있는 이들은 재빨리 요상결을 운용했다.

그리고 금세 운신이 가능할 정도로 회복했다.

선천진기의 힘이었다.

[전원 후퇴한다!]

그의 명령에 암영대의 무사들은 일사불란하게 달렸다. 그들은 규칙을 가지고 일정한 방향으로 움직였다.

암영대주가 지정한 방법으로 후퇴하는 것이다.

숭무련의 무사들의 접근 방향을 피한 방향이다. 하지만 운이 없으면 그들과 마주칠 수도 있었기에 암영대주의 마음이 급했다.

홍원과 단리유화는 그런 모습을 가만히 지켜보았다.

암영대주는 마지막까지 남아 홍원과 단리유화를 경계했다.

할 말이 없었다.

먼저 덤벼들었던 것이 자신들이었건만 이런 처참한 패배라니.

홍원의 존재를 간과한 것이 패착이었다.

백수십의 무사들이 순간 썰물처럼 빠져나갔다.

이제 남아 있는 것은 홍원과 단리유화, 암영대주, 그리고 정신을 차리지 못한 암영대의 무사 열 명 정도다.

암영대주는 품에서 작은 비검 열 자루를 꺼내 들었다. 일체의 망설임 없이 비검을 날렸다.

정확히 부하들의 목을 꿰뚫었다.

그 모습을 확인하고는 그도 지체 없이 몸을 날렸다. 그가 막 몸을 날려 떠나려 할 때, 일단의 무리들이 그곳에 도착했다.

"무슨 일이냐!"

선두에 선 거한의 입에서 거친 외침이 터져 나왔다.

암영대주는 뒤돌아보지 않고 몸을 날렸다. 수하들의 도주 방향과는 전혀 다른 방향이었다.

"쫓아라!"

거한의 명령에 여섯의 무인들이 그 뒤를 빠르게 쫓았다.

그 후 거한은 장내를 둘러보았다.

전투의 흔적과 쓰러진 시체들이 일목요연하게 보였다. 그리고 그의 시선이 마지막으로 향한 곳은 홍원과 단리유화가 있는 곳이었다.

단리유화의 모습을 확인한 거한은 깜짝 놀랐다.

"삼 공녀!!"

거한이 나는 듯이 단리유화를 향해 달려왔다.

"이게 어찌 된 일입니까??"

"반가워요, 방 대주."

단리유화는 그런 거한을 보며 생긋 웃었다.

방 대주라 불린 거한.

그는 숭무련의 무력 단체 중 하나인 백호대를 이끄는 대주, 방진목이었다.

"련을 떠나신 지 얼마나 됐다고, 이곳에서 이렇게 계십니까?"

방진목이 다시 한 번 물었다.

"이야기하자면 좀 길어질 것 같은데, 이곳에서 할까요?"

단리유화의 물음에 그제야 방진목은 자신이 너무 흥분했음을 깨달았다.

"일단 련으로 가시지요. 제가 모시겠습니다. 한데 이분은?"

방진목의 시선이 홍원을 향했다. 단리유화의 일행으로 보였기에, 그는 예의를 갖췄다.

단리유화도 홍원을 힐끗 보았다.

홍원은 여전히 흑운을 손에 쥔 채였다.

"으음… 묵검신협(墨劍神俠)? 그래요, 묵검신협이라 하면 되겠네요."

단리유화는 자신의 말이 마음에 든 듯 고개를 끄덕이며 말했다.

"네?"

그녀의 말에 영문을 모르겠다는 듯 방진목이 반문했다.

홍원 역시 어이없다는 얼굴로 단리유화를 바라보았다.

"장홍원이라 합니다."

홍원이 흑운을 검집에 꽂고 포권을 하며 말했다.

가명을 쓸까 했지만 당장 떠오르는 이름이 없었다. 그리고 현재 외모가 완전히 바뀌어 있었다.

숭무련에는 아마도 경천회의 사람들이 있겠지만, 그들을 마주쳐도 알아보지 못할 것이다. 오히려 이런 동명이인이 있음을 신기하게 여길지도 모를 일이다.

"아, 장 소협이셨군요. 반갑습니다. 일단 련으로 모시겠습니다."

방진목은 부하들에게 현장의 정리와 추적을 일임한 후 두 사람과 함께 숭무련으로 향했다.

第二章
숭무련

一

　소혁진.

　그는 숭무련의 무력 단체 중 하나인 주작대를 책임지고 있는 대주였다.

　주작대의 임무는 숭무련으로 오는 길목 중 남쪽에서 오는 길목의 치안을 책임지는 것이었다.

　숭무련이 지척인 곳인지라, 별다른 소란은 없었다.

　오늘도 그는 부하들을 적당히 배치하고, 성내에서 편안한 시간을 보내고 있었다. 여느 날과 다름없었다.

　그런데 갑자기 수하 하나가 헐레벌떡 달려와 그를 찾았다.

　"무슨 일이냐?"

　"아무래도 큰 소란이 날 것 같습니다."

부하의 말에 소혁진은 얼굴을 찡그렸다. 지금까지 아무 일이 없다가 갑자기 무슨 일이란 말인가.

무림 대회의 날짜도 점점 더 가까워져 오고 있는 때에 말이다.

"큰 소란이라고?"

목소리에 날이 섰다.

"네, 련 쪽에서 전서구로 알려왔습니다. 이곳에서 련으로 가는 길목이 막혔다고 그 길을 지난 상인이 알려왔답니다. 수많은 무리들이 길을 막았다고 합니다."

숭무련으로 가는 길을 막았다니, 그 의도가 어떻든 간에 예삿일은 아니었다.

"젠장, 갑자기 무슨 일이람."

더군다나 숭무련의 길을 막을 정도라면, 그 뒷배가 보통은 아니라는 뜻이다. 보통의 무력 단체들은 엄두도 못 낼 일이다.

아니면 숭무련을 적대하는 단체이거나.

당금 천하에 그런 곳이 있을 리 없으니 결국은 만만치 않은 세력의 무사들이 길을 막았다는 뜻, 결코 쉽게 넘어갈 일은 아닌 것 같았다.

'아마도 나머지 사대세력 가운데 한 곳이겠지.'

소혁진은 금세 용의 세력을 세 곳으로 추렸다.

숭무련 앞마당에서 그런 간 큰 짓을 할 곳은 그 정도가 전부였다.

"비상 걸어. 전부 집결시켜서 그곳으로 가본다."

길을 막았을 뿐이다. 아직 무슨 사달이 벌어진 것은 아니다.

그래도 일단 가봐야 했고, 많은 수의 무인이라고 했으니 만약의 사태를 대비해서 주작대의 인원을 전부 끌고 갈 생각이었다.

그의 명령에 부하가 신호를 올렸고, 주변에 흩어져서 각자의 임무를 수행하던 대원들이 속속들이 모여들기 시작했다.

잠시 시간이 흐른 후.

성의 북문에 모든 대원들이 모였다.

"무슨 일이 생긴 것인지는 다들 들었을 거다."

소혁진의 말에 대원들은 작게 고개를 끄덕였다.

"우리 숭무련 앞에서 그런 짓을 할 정도로 간이 큰 이들은 나머지 삼대 세력 정도다. 설사 그들이라 할지라도 우리 앞마당에서 행패라니, 미친 짓이지. 불미스러운 일이 벌어지기 전에 막아야 한다. 알겠나?"

"넷!"

소혁진의 말에 주작대의 대원들은 힘찬 소리로 답했다.

"목표 지점까지 전력으로 이동한다!"

소혁진은 앞장서서 경공을 펼쳤다.

주작대 무사들의 장기가 경공이다. 그래서 무림 대회 준비 과정에서 숭무련 외곽의 경계를 임무로 받은 것이다.

몸이 날랜 이들 백오십 명이 빠르게 달려 나가는 모습은 일대 장관이었다.

그중에서 소혁진이 가장 빨랐다. 대주다운 실력이었다.

전서구를 통해 연락받은 목표 지점으로 향하는 동안 그는 마음속으로 빌었다.

'제발 아무 일 없기를……'

하지만 그의 그런 기원은 헛된 일이었다. 그런 생각을 하고 찰나도 지나지 않아 그의 귀에 아스라이 들려오는 소리가 있었다.

멀리서 들려왔기에 굉장히 작은 소리였다. 자신이 내공을 잔뜩 끌어 올려 감각을 최대한으로 예민하게 하지 않았더라면 절대 들을 수 없는 소리였다.

비명 소리였다.

고통에 가득 찬 비명 소리.

소혁진은 이를 악 물었다. 어떤 상황인지 알 수 없지만, 일단 사달은 난 것 같았다.

그는 두 다리를 더욱 빠르게 놀렸다.

대원들과의 거리가 벌어졌으나 그는 거기에 신경을 쓸 여유가 없었다.

그렇게 소혁진은 현장에 도착했다.

현장의 참상을 두 눈으로 보고도 믿을 수가 없었다.

사방에 널브러진 무사들.

"이게 대체……."

대원들이 오는 것을 기다릴 틈도 없이 소혁진은 현장을 살폈다. 쓰러진 이들은 대부분이 기절했다. 심각한 외상도 보이지 않았다.

단 한 사람을 제외하고는 말이다.

그냥 봐도 심각한 부상을 입은 채 정신을 잃고 있는 이 사람이 이 무리의 수장이다.

덩그러니 주인 없이 서 있는 마차의 깃발을 확인하는 순간, 소혁진은 다리의 힘이 풀리는 것을 억지로 버텼다.

'젠장 할, 망했다.'

가장 먼저 떠오른 생각이다.

축 늘어져 있었지만, 한눈에 사혈궁의 것임을 알아보았다.

사혈궁에서 방문한 이에 대한 정보는 이미 알고 있었다.

오늘 오전에도 성에서 작은 소란이 있었기에 그에 관한 보고도 받지 않았던가.

사혈궁주의 장손, 교상번.

지금 그가 전신의 뼈가 박살 난 채 정신을 잃고 쓰러져 있었다.

뒤이어 도착한 수하들 덕에 정신을 차린 소혁진은 주변을 재빠르게 수습했다.

지급으로 련에 전서구를 날리고, 교상번의 응급처치를 한 후 최대한 빠른 속도로 그를 련으로 수송했다.

지급으로 갑자기 올라온 보고에 공야무는 정신을 차릴 수가 없었다.

자신이 숭무련의 련주에 올랐음을 알리는 경사스러운 행사를 준비하는 와중이었건만.

사혈궁의 장손자가 숭무련의 지척에서 온몸의 뼈가 부러지는 부상을 입었다니.

사달이 나도 엄청나게 큰 사달이 났다.

소식을 들은 선문강이 헐레벌떡 련주의 집무실로 달려왔다.

"이게 대체 무슨 일인가? 선 군사."

"저도 너무 갑작스러운 일인지라……."

두 사람이 채 정신을 추스르기도 전에, 이번에는 백호대에서 보고가 올라왔다.

백호대의 대주인 방진목은 직접 련주의 집무실로 찾아왔다.

"무슨 일인가?"

집무실의 분위기가 무거웠기에 잠깐 고개를 갸웃거렸으나 그 뿐이다. 자신이 가지고 온 소식 역시 큰일이었으니까.

"삼 공녀께서 오셨습니다."

방진목의 말에 선문강의 눈썹이 잠깐 움찔했으나, 그 모습을 본 이는 없었다.

"유화가?"

공야무는 대수롭지 않게 되물었다. 지금은 그녀가 돌아온 것에 신경 쓸 여력이 없었으니까. 하지만 이어진 방진목의 말에 그의 두통은 더욱 심해졌다.

"그런데 정체불명의 무리에게 습격을 받으셨습니다. 련 근처의 토지신의 사당이 있는 부근에서 말입니다."

사혈궁의 대공자에 이어, 숭무련의 삼 공녀까지 습격을 받았다.

이게 무슨 일이란 말인가.

그녀가 왜 그곳에 있었는지는 궁금하지도 않았다.

단리유화가 습격받은 위치를 듣고는 선문강의 눈가가 파르

르 떨렸으나, 방진목도, 공야무도 그에게 신경을 쓸 수가 없었
다.

"허어… 선 군사, 이게 대체 무슨 일이란 말이오."

한탄과도 같은 말이 공야무의 입에서 흘러나왔다.

"이게 무슨 변고인지 모르겠습니다. 같은 날 두 곳에서 이런
사달이 벌어지다니요."

두 곳이라는 말에 방진목이 움찔했다. 자신이 모르는 곳에
서 다른 변고가 있었던 것이다.

그제야 집무실의 무거운 분위기의 이유를 알았다.

하지만 그가 할 일은 여기까지였다. 공야무의 손짓에 그는
조용히 집무실을 나왔다.

"일단 급한 건 사혈궁 쪽입니다."

선문강의 말에 공야무가 고개를 끄덕였다. 단리유화야 숭무
련의 사람이었지만, 교상번은 손님이었다. 그것도 아주 중요한
손님.

"우선 사혈궁에 알려야지. 련 내의 최고의 의원들도 수배해
서 치료에 집중하고."

"네."

공야무의 말에 선문강이 짧게 답했다.

"대체 흉수는 어떤 놈들일까?"

"철저히 밝혀야지요."

"무림 대회 준비로 정신이 없는데, 인원은 뺄 수 있는가?"

공야무가 걱정스레 물었다. 그의 입장에서는 그의 련주 취임

을 천하에 공표하는 무림 대회가 그만큼 중요했기 때문이다.

"어쩔 수 없습니다. 사혈궁과의 관계를 생각한다면, 일단 대공자를 해친 흉수를 찾는 것이 먼저입니다. 무림 대회에 차질이 발생한다 하더라도 말이지요."

선문강의 말에 공야무는 고개를 끄덕였다. 그 자신에게는 무림 대회도 그만큼 중요했지만, 숭무련의 입장에서 어느 것이 더 중요한지는 간단했다.

"그렇게 처리하게. 그리고 조사하면서 유화의 일도 알아보도록 하고."

"네, 알겠습니다."

선문강은 짧은 대답을 남기고 련주의 집무실을 나왔다. 빠르게 걸음을 옮기는 그의 얼굴은 사납게 변해 있었다.

'토지신의 사당? 그곳은 분명⋯⋯.'

암영대의 집결지였다. 그런데 왜 그곳에 단리유화가 있단 말인가.

그리고 그곳에서 단리유화가 습격을 받았다? 암영대와 부딪혔을 가능성이 높았다.

정보가 부족했다.

정확한 사실을 알려면 조금 전 보고를 마치고 나간 방진목을 찾아야 했다.

"그전에⋯⋯."

일단 련의 군사로서의 일이 먼저였다.

선문강은 곧장 련의 무력 단체 중 하나인 사신단의 건물로 향했다.

청룡대, 백호대, 현무대, 주작대. 네 개의 대로 구성된 곳으로 현재 련의 내외의 경비 및 치안을 맡고 있었다.

선문강은 금세 사신단주의 집무실에 도착했다.

"어쩐 일이십니까? 군사."

"알고 있지 않습니까?"

백호대나 주작대 모두 사신단의 소속이니, 단주인 그가 모든 소식을 들은 것은 당연한 일이다.

"네, 그 일 때문이로군요."

"그 일에 대해 련에 비상령을 발동할 겁니다. 청룡, 주작, 현무 세 개의 대는 즉각 사혈궁의 대공자를 습격한 흉수를 추적하시오."

"네."

"그리고 백호대는 절반은 사혈궁의 대공자의 일에 대한 조사를, 나머지 절반은 삼 공녀의 일에 대한 조사를 진행토록 하고요."

"네, 그렇게 하도록 하겠습니다. 그러면 련 주변의 경비와 치안은 예전처럼 련의 외성 호련단에 넘기도록 합니까?"

"그래야지요. 치안에 구멍이 조금 생기더라도, 사혈궁의 일이 먼저지요."

사신단주는 그 말에 동감한다는 듯 고개를 끄덕였다.

사실 사신단이 최근 련의 외곽 경비와 치안을 담당한 것은 호련단만으로는 수많은 사람에 대한 관리가 쉽지 않았기 때문이다.

하지만 사신단이 그간 한 일은 별로 없었다.

간 크게 숭무련의 코앞에서 소란을 피울 사람이 없었기 때문이다.

한데 오늘 그런 일이 일어났다. 사신단이 모두 투입되어 두 눈을 크게 뜨고 있는데도 말이다.

결국 이 일을 해결하는 것이 먼저다. 질서 유지에 조금 혼란이 생길지도 몰랐으나, 호련단도 충분히 뛰어난 이들이다.

"그리고 백호대주는 내 집무실로 좀 보내주시지요. 삼 공녀의 일로 알아볼 것이 좀 있습니다."

"그렇게 하겠습니다."

본디 사람을 이곳으로 보내 사신단주를 자신의 집무실로 호출하는 것이 보통이나, 이번에는 화급을 다투는 일인지라 그가 직접 이곳으로 걸음 했다.

선문강은 자신의 집무실로 빠르게 돌아갔다.

그렇지 않아도 군사의 업무는 산더미같이 많았다.

사신단으로부터 시작된 비상령이 숭무련 전체에 내려졌다.

"무슨 일이죠?"

어느새 깨끗이 씻고 깔끔한 흑의무복으로 갈아입은 홍원이 단리유화를 보고 물었다.

이곳은 단리유화의 집무실이었다. 삼 공녀로서의 업무를 보는 방으로 작고 초라했다. 두 사람은 그런 것에는 신경 쓰지 않았다.

바깥의 소란에 단리유화가 찻잔을 내려놓으며 말했다.

"비상령이 발동된 것 같군요."

잠깐 창을 통해 밖을 내다본 그녀가 답했다.

"소저 때문인가요?"

홍원의 물음에 단리유화는 고개를 저었다.

"저는 그 정도로 중요한 인물이 아니에요. 아마도……."

[장 공자가 자근자근 밟아놓은 인물 때문이겠지요.]

혹시 몰라 뒷말은 전음이었다.

[그렇군요. 지금쯤이면 발견되었겠군요.]

시간을 가늠한 홍원이 고개를 끄덕이며 말했다.

[그런데 괜찮으시겠어요?]

[무얼 말입니까?]

[이름이요.]

두 사람의 대화는 계속해서 전음으로 이어졌다. 지금부터 나오는 이야기는 두 사람만 알아야 하는 것이기에.

이름에 대한 물음에 홍원은 고개를 갸웃거렸다.

[얼굴도 체형도 다릅니다. 그런 차에 저를 알아볼 수 있을까요? 모용 소저는 저를 너무 잘 알기에 오히려 절대 못 알아볼 것 같은데요. 그저 신기해하겠지요.]

홍원의 말에 단리유화는 고개를 가로저었다.

[모용 동생을 말하는 것이 아니에요.]

홍원의 두 눈이 의문으로 물들었다.

[암영대주를 말하는 거예요.]

그 말에 홍원의 두 눈은 의문으로 물들었다.

[그는 생각보다 굉장히 유능한 자예요. 오늘의 그 싸움에서 장 공자가 그런 신위를 보였는데, 아무것도 못 느꼈을 리가 없어요.]

그녀의 말에 홍원은 오늘의 상황을 다시 한 번 떠올려 보았다.

그러고 보니 그가 중얼거리는 소리를 들었다.

'읍성이라고 그랬고… 설마라고 했던가?'

그때 그의 모습까지 떠올랐다.

[읍성이라고 중얼거리는 것은 들었습니다만…….]

그 말에 단리유화는 낮게 한숨을 쉬었다.

[어쩌면 그가 눈치챘는지도 모르겠네요. 그날 밤의 신비 고수와 오늘의 장 공자가 동일 인물임을.]

숭무련에 들어와 있는 지금, 만약 홍원이 암영대주와 마주친다면 그는 당장 홍원을 알아볼 것이다.

그렇게 되면 홍원의 이름을 알아내는 것은 일도 아니었다. 이미 삼 공녀와 함께 들어온 젊은이에 대한 이야기가 여시종들 사이에서 알음알음 퍼져 나가고 있는 상황이다.

거기까지 생각이 미치자 홍원의 눈가에 주름이 생겼다. 미처 생각하지 못한 부분이었기 때문이다.

'생각이 짧았다고 해야 하나…….'

긴장이 풀어진 것 같았다.

죽림으로 살던 시절에는 이러지 않았다. 항상 일을 행하기 전에 두 수, 세 수 뒤의 일도 고려를 했었다.

그게 살수의 삶이었다.

하지만 가족들과 함께 평화롭게 살면서 그런 습관이 사라진 것 같았다.

모든 일에 긴장하며 대비할 이유가 없었기 때문이다.

그저 무공을 익히고, 가족들과 따뜻한 밥을 함께하는 그 일상이 즐겁고 좋았다. 그 속에 살고 있으니 굳이 다음 일을 고민할 이유가 없었다.

그저 다음에 어떠할지만 생각하면 될 뿐.

[그가 숭무련에서 나와 마주친다면 내 이름을 알아내는 것은 금방이로군요.]

홍원의 전음에 단리유화가 고개를 끄덕였다.

홍원은 다시 죽림으로 돌아가 생각을 해보았다. 자신이 그 암영대주라면 그 이후에 어찌할 것인지.

'읍성으로 가서 찾아야지, 이름에 얼굴을 알고 있으니. 처음 만난 곳도 읍성이었고.'

홍원의 얼굴이 점점 딱딱하게 굳어갔다.

[제가 암영대주라면 그 이후에 읍성으로 가서 장 공자에 대해 조사할 거예요.]

단리유화 역시 같은 의견을 전음으로 전했다.

장홍원.

그 이름 석 자를 알고 있다. 읍성같이 작은 곳에서 그 이름으로 수소문한다면 금세 가족들에게 도달할 수 있다.

그가 본 자신의 모습과 본모습이 다르기에 별일이 없을 수도 있다. 하지만 반드시 그러라는 법은 없었다.

[난감하군요.]

홍원의 심정이 고스란히 전음에 묻어났다.

[방법은… 그가 읍성에 가지 못하도록 하는 것이에요.]

그건 홍원도 방금 떠올린 방법이다.

그가 아무리 복면으로 얼굴을 가렸다 하나, 그의 기운을 읽어 찾아낼 수 있었다.

[문제는 그가 선문강에게 보고를 했느냐 하는 것이군요.]

그랬다.

단리유화와 함께 들어온 무사가 읍성의 그 신비 고수였다는 정보가 선문강에게 넘어간다면, 그때는 일이 어찌 될지 모른다.

선문강은 이미 홍원의 이름을 알고 있을지도 모른다. 련 내의 모든 정보의 최종 도달점이 군사부가 아니던가.

그가 홍원과 신비 고수의 접점을 알게 되면 정말 일이 복잡해진다.

'어쩌면 숭무련 전체와 싸워야 할지도……'

대수롭지 않게 여기고 이름을 사용한 것이 어쩌면 큰 폭풍으로 변해 읍성에 몰아칠지도 모르겠다는 생각이 들었다.

홍원의 말에 단리유화의 고운 아미가 찌푸려졌다.

[그렇네요. 선문강이 공자에 대한 이야기를 들으면 아마도 읍성을 샅샅이 뒤지겠지요.]

그녀도 생각에 잠겼다.

[아마 아직 보고를 하지는 못했을 거예요. 교상번의 일도 있으니까요. 지금쯤 정신이 없을 것 같아요. 그리고 암영대주도 당장 련으로 들어오지는 못했겠지요.]

[그러면 그가 선문강과 만나기 전에 처리하는 것이 가장 간단한 방법이 되겠군요.]

두 사람은 마주 보며 고개를 끄덕였다.

그 시각.

암영대주는 위장 신분으로 돌아가 있었다.

한시라도 빨리 선문강을 만나야 했다. 크나큰 실패를 했지만, 어쨌든 중요한 정보를 전해야 했다.

공교롭게도 선문강에게 직통으로 보낼 수 있는 전서구도 남아 있는 것이 없었다.

임무를 시작할 때면 선문강으로부터 전서구를 지급받아 나갔었다. 그런데 이번에는 모든 활동을 멈추고 재정비를 하라는 것이 명령이었기에, 전서구를 받아오지 못했다.

당분간은 서로 찾을 일이 없을 것이란 생각에서 일어난 일이다.

결국 그가 직접 선문강을 찾아야 했다.

그런데 련에 비상이 걸리면서 선문강을 만나는 것이 여의치 않게 되어버렸다.

련의 대부분 사람들은 암영대의 존재를 모른다. 일단은 지금의 위장 신분으로 암영대의 존재를 알고 있는 이에게까지 찾아가야 하건만.

비상령 덕에 쉽지 않은 일이 되어버렸다.

암영대주가 숭무련 밖에서 접선할 수 있는 이들이 모두 비상령에 발이 묶여 버린 것이다. 그렇다면 일단 숭무련 안으로 들어가서 접선자를 찾아야 한다.

'어서 군사께 그놈에 대해 알려야 한다. 읍성에서 우리를 방해했던 그 신비 고수에 대해서.'

하지만 그의 위장 신분은 숭무련의 식자재 운송꾼이다. 그리고 오늘 치 식자재는 이미 새벽에 들어간 터다.

선문강이 사람을 보내 그를 찾지 않는 이상 그가 선문강을 찾아가려면 꼼짝 없이 내일 새벽을 기다려야 했다.

답답했다.

어서 시간이 흘러 숭무련으로 들어가기를 기다리고 있으나, 시간은 거북이보다도 느리게 움직이는 것 같았다.

이 느린 시간 속에서 무슨 일이 일어날 것만 같은 불길한 예감이 등줄기를 훑고 지나갔다.

모용연의 발걸음이 급박했다.

그녀는 며칠 전에 숭무련에 도착했다. 숭무련에서 제공해 준 작은 전각에서 경천회의 인물들이 모두 머물고 있었다. 많은 인원이 아니었으나, 경천회에 대한 예우 차원에서 그렇게 숭무련에서 전각을 내어준 것이다.

숭무련 시비들의 소식통은 그 어떤 비선보다도 빨랐다.

전각의 시비들의 대화를 듣고는 단리유화가 숭무련으로 돌아왔다는 이야기를 들었다. 그것도 이번에 또 습격을 당한 상태에서 말이다.

"그 언니는 도대체 무슨 일을 하고 다니길래⋯⋯."

걱정 어린 푸념이 그녀의 입에서 나왔다.

그녀의 거처는 예전의 방문 때 몇 번 가본 적이 있었다. 사실 지금 머물고 있는 전각도, 숭무련에 올 때마다 머무는 곳이다. 그랬기에 길은 익숙했다.

그녀의 걸음은 더욱 빨라졌다.

"단리 언니!"

시비도 없는 단출한 건물이었다. 단리유화의 거처의 모습이 그녀가 숭무련에서 어떤 대접을 받고 있는지 여실히 보여주었다.

모용연의 외침에 안에서 아무런 반응이 없었다. 걱정 가득한 얼굴로 모용연은 한 번 더 단리유화를 불렀지만 아무 반응이 없자 문을 벌컥 열어젖혔다.

"언니!"

하지만 방 안은 아무도 없었다.

단리유화의 성격을 보여주듯 정갈하게 정리된 모습만 있을 뿐이다.

"이 언니가 설마?"

숭무련에서 단리유화가 자신의 거처에 없으면 있을 곳은 한 곳이다.

그녀의 집무실.

그녀는 수련도 거처 근처에서 했었다. 따로 수련실이 배정되지 않은 탓이다.

"아니, 집 앞에서 습격받고 돌아왔다는 사람이 쉴 생각도 안하고 일을 하는 거야?"

그렇게 투덜거리는 모용연의 목소리에는 걱정이 가득했다.

단리유화의 집무실 위치도 알고 있었다. 그녀는 곧장 그곳으로 향했다.

내현각(內賢閣).

숭무련의 내무를 담당하는 곳이었다. 단리유화는 이곳에서 자신의 일을 수행하고 있었다.

각주 같은 거창한 직위에 있는 것도 아니다.

정확히 말하면 아무런 직위도 없었다.

누구도 그녀에게 내현각의 일을 보라고 하지 않았다. 그저 그녀가 밀고 들어와 구석진 허름한 방에 자리를 잡은 것이다.

련주의 제자라는 위치가 준 일종의 특별직인 셈이다.

그래서 그녀는 내현각의 모든 정보에 접근이 가능했다. 아무리 푸대접을 받는다고 하나, 일단은 련주의 제자였다.

그랬기에 그녀를 막을 수 있는 사람은 내현각의 각주 정도였으나, 그가 일일이 단리유화를 지켜볼 수도 없는 노릇이었다.

그 때문에 단리유화는 각주의 눈을 피해 내현각의 기밀에 접근하기도 했고, 숭무련 내부에 대한 많은 정보를 얻을 수 있었다.

그 모든 것이 신도운악에게 복수를 하기 위한 준비였다.

신도운악이 죽은 지금 언제 그녀가 내현각에서 쫓겨날지 모를 일이다.

모용연은 금세 내현각에 당도했다.

이곳에서는 마음대로 들어가지 못한다. 숭무련의 내무를 보는 곳인 만큼 함부로 들어갈 수 없는 곳이다.

"모용 소저께서 무슨 일이십니까?"

정문 수문병이 모용연을 알아보고 물었다.

"삼 공녀를 만나고 싶어 찾아왔어요."

그녀의 대답에 수문병이 옆의 무사에게 눈짓을 했고, 한 사람이 안으로 기별을 위해 들어갔다.

잠시 기다리자 그가 시비 한 명을 대동한 채로 나왔다.

"이 아이를 따라가시면 됩니다."

단순한 시비가 아니었다. 모용연은 쉬이 그것을 느낄 수 있었다.

그녀는 시비의 뒤를 따라 걸음을 옮겼다.

시비는 일 층의 구석진 곳으로 모용연을 안내했다. 모르는 사람이라면 의심이 생길 곳으로 향하고 있었다.

어찌 련주의 제자가 이런 곳에 있을까란 생각이 드는 곳이다.

하지만 모용연은 이전에도 방문한 적이 있었기에 잠자코 그 뒤를 따랐다.

이윽고 시비의 걸음이 멈췄다.

도착한 것이다.

"경천회의 모용 소저께서 오셨습니다."

시비가 모용연의 도착을 알렸다.

안에서 대답이 들리기 전에 모용연은 문을 열고 안으로 들어섰다. 갑작스러운 그녀의 행동에 시비가 놀랐으나 딱히 제지하지는 않았다.

이미 방문이 허락된 곳이기 때문이었다.

"언니!"

모용연의 외침에 단리유화가 반갑게 그녀에게 다가갔다.

"이렇게 빨리 볼 줄은 몰랐네."

"대체 이게 어찌 된 일이에요?"

걱정 가득한 추궁이다. 하지만 너무나 멀쩡한 단리유화의 모습을 확인한 때문인지 금세 걱정을 내려놓았다.

"일단 앉아."

단리유화가 다탁으로 모용연을 데리고 갔다.

그곳에서 홍원과 모용연의 눈이 마주쳤다.

"이분은?"

"아, 이번에 날 도와주신 분."

홍원이 일어나 모용연을 향해 포권을 하며 인사를 건넸다.

"장홍원이라 합니다."

이미 숭무련에 이렇게 알려진 이름이다. 지금 와서 바꿀 수도 없는 노릇이었다.

"네?"

홍원의 소개에 모용연은 잠시 멈칫했다.

자신이 너무나 잘 알고 있는 이름이었기 때문이다. 하지만 자신이 알고 있는 이와는 전혀 다른 이가 눈앞에 있었다.

"혹시 우리가 만난 적이 있던가요?"

결례라고는 생각할 겨를도 없이 입에서 먼저 물음이 튀어나왔다.

"경천회의 모용 소저의 위명은 익히 들었습니다."

홍원은 교묘히 돌려서 대답했다.

만난 적이 없다고 직접 대답하면, 그녀의 촉이 무언가를 느낄지도 몰랐기 때문이다.

그녀의 능력을 몰랐으면 모르되 알고 있는 이상 주의할 것은 주의해야 했다.

"아, 그렇군요. 죄송해요. 모용연이라 해요."

단리유화 때문에 경황이 없었음인가. 모용연은 홍원이 질문의 요지를 교묘히 벗어난 대답을 한 것을 알아채지 못했다.

그것은 단리유화 역시 마찬가지였다. 그녀로서는 모용연의 능력을 몰랐기에, 일상적인 대수롭지 않은 대답이라 생각한 것이다.

"단리 언니, 대체 무슨 일이 있었던 거예요?"

모용연의 물음에 단리유화는 천천히 지난 일을 이야기해 주었다.

일단 모용연과 헤어진 다음부터 이야기했기에, 그녀의 소개 덕에 향산에서 영약을 얻은 이야기도 나왔다.

"축하드려요, 언니! 드디어 문제를 해결하셨네요!"

모용연은 제 일처럼 기뻐했다.

이후의 일을 이야기하려 할 때 잠깐 말을 멈췄다. 모용연의 방문이 갑작스러웠기에 어찌 이야기해야 할지 준비가 되지 않은 것이다.

사실대로 말할 수는 없었다.

그때 홍원의 전음이 들렸다. 적당히 꾸며낸 이야기였다. 당연히 교상번의 이야기도 빠져 있었다.

그저 련으로 돌아오던 중 갑자기 적을 마주했고, 우연히 숭무런 근처의 사당을 지나던 홍원이 그녀에게 도움을 주었다는 것이다.

시중의 흔한 영웅 소설에나 나올 법한 줄거리였으나, 모용연은 그대로 믿었다.

대부분의 사실에 적당한 각색을 더한 것이었다.

모용연의 그 특이한 능력에도 별다른 느낌이 없었다. 단리유화는 늘 어떤 느낌을 주는 사람이었기에 그랬을지도 모른다.

읍성에서도 그러지 않았던가.

그리고 모용연은 평소에는 그 능력을 의도적으로 사용하지 않으려 했다. 늘 사람들의 꿍꿍이를 느낀다는 것은 무척이나 피곤한 일이기 때문이다.

그랬기에 모용연으로서도 단리유화의 이야기를 믿을 수밖에 없었다.

"묵검신협이시군요."

모용연이 홍원을 보며 말했다.

"이제 막 강호에 발을 디딘 참입니다. 그런데 단리 소저께서 저리 낯 뜨거운 말로 저를 부르시니 곤란한 참입니다."

홍원의 말에 두 사람은 그저 웃었다.

"그런데 대체 언니는 어떤 일이 있는 거예요? 정체불명의 무리에게 습격을 두 번이나 당하고요."

"그걸 알면 내가 이리 답답하지 않을 거야."

모용연의 물음에 단리유화가 한숨을 내쉬었다. 모용연은 그녀가 일말의 짐작은 하고 있음을 알았다. 하지만 모른 척했다.

사연이 있으리라.

"언니, 혹시라도 제가 도울 게 있으면 망설이지 말고 꼭 말해 줘요."

그래서 이 말만 전했다.

그녀를 돕고 싶은 것은 모용연의 진심이었다.

그렇게 모용연은 같은 말을 두 번 세 번 신신당부하고 떠났다.

"좋은 동생이군요."

홍원의 말에 단리유화가 고개를 끄덕였다.

"그래서 읍성에서 더욱 미안했어요."

그녀의 미소에는 아픔이 가득했다.

"아, 제가 숭무련을 좀 돌아볼 수 있을까요?"

홍원이 진지한 얼굴로 물었다. 단리유화는 그의 표정에서 무언가 목적이 있음을 알아차렸다.

"글쎄요. 지금 련의 상황이 상황인지라… 아무리 제 손님이라 하더라도 금지(禁地)가 생각보다 많을 거예요. 아무래도 비상령까지 발동된 상황이니까요."

단리유화의 대답에 홍원은 그 정도는 괜찮다는 얼굴로 말했다.

"그런 상황도 염두에 둔 부탁입니다."

홍원이 숭무련을 둘러보려는 이유는 암영대주를 찾기 위해서다. 아무래도 빨리 해결을 해야 할 것 같았다.

'본명을 쓴 건 어쩌면 너무 치기 어린 행동이었는지도 모르겠어.'

홍원은 자신의 실수를 절감했다.

순간 너무 흥에 젖어 있었던 것 같았다. 이제 좀 더 정신을 차리고 행동해야 한다.

화두도 좋고, 깨달음도 좋았다.

하지만 가장 먼저 생각해야 할 것은 가족이었다. 자신이 무엇 때문에 원래 계획과 달리 읍성으로 향했던가.

가족 때문이었다.

그 꿈에서 보여준 가족의 모습이 마음에 걸려 읍성으로 갔던 것 아닌가.

지금까지 너무 쉽게 일이 풀려온 것 같았다. 그러니 그렇게 짧은 생각에 치기 어린 행동을 한 것이지.

이미 엎질러진 물은 모두 주워 담을 수 없다. 하지만 어느 정도는 주워 담을 수 있으리라.

그렇게 조금이라도 주워 담기 위해서 가장 먼저 해야 할 일이 암영대주를 찾는 것이다.

그리고 앞으로는 물을 엎지르지 않도록 조심 또 조심해야
한다.

"삼 공녀님, 백호대 부대주께서 뵙기를 청하십니다."

그때 밖에서 시비의 목소리가 들렸다.

"드시라 해라."

단리유화의 대답에 집무실의 문이 열리며 칠 척 거한이 안
으로 들어왔다.

"삼 공녀를 뵙습니다."

"제가 먼저 백호대를 찾았어야 했는데, 이리 걸음하시게 하
다니 죄송해요."

단리유화가 마주 일어나 답했다.

홍원도 자리에서 일어났다.

"아까의 도움에는 정말 감사드립니다."

홍원이 포권을 하며 말했다. 부대주는 이미 홍원에 대해 알
고 있었기에 따로 소개를 하지는 않았다.

백호대의 부대주 만력거신(萬力巨身) 항자명은 단리유화가 권
하는 자리에 앉았다. 엄청난 덩치가 앉으니 다탁이 너무나 작
게 보였다.

"항 부대주께서는 어쩐 일로 이리 오셨지요?"

단리유화의 물음에 항자명이 입을 열었다.

"금일 있었던 일에 대한 조사 때문입니다. 아실지 모르겠습
니다만, 사혈궁의 대공자가 역시 큰일을 당하셨습니다. 그 흉

수 때문에 현재 런에 비상령이 내려진 상태입니다."

"그래서 비상령이 내려진 것이로군요."

단리유화는 처음 알았다는 듯한 얼굴을 했다.

"네, 현재 사신단의 네 개의 대가 전부 동원되었습니다. 그중 백호대의 절반이 삼 공녀를 습격한 흉수를 찾기로 해서 몇 가지 여쭙고자 온 것입니다."

백호대의 절반이 동원되었다는 말을 할 때 항자명은 단리유화와 시선을 마주하지 못했다.

사신단 전체가 동원되었다고 말했건만 단리유화의 일에 나선 것은 한 개 대에서도 겨우 절반의 인원뿐이니, 그녀의 기분이 많이 상했을 거라 여긴 것이다.

"런의 큰 손님께서 그런 일을 당하셨다니, 어서 흉수를 찾아야지요. 저는 여기 장 공자 덕에 별다른 해를 입지 않았으니 말이에요."

"아, 장 소……."

홍원을 바라본 항자명이 입술을 달싹거렸다. 그에 대한 호칭이 애매했기 때문이다.

대협이라 하기에는 알려지지 않은 인물이었다. 그렇다고 소협이라 하기에는 그보다는 연배가 있어 보인다.

애매했다.

"어려우시면 그냥 삼 공녀님처럼 불러주시면 됩니다."

홍원이 그의 고충을 안다는 듯 말했다.

"그러지요, 장 공자. 혹여 그들과 싸우면서 무언가 단서가 될 만한 것을 보거나 하지 않았습니까?"

그의 물음에 홍원은 고개를 저었다.

"강한 무리들이었으나, 철저히 정체를 감추고 있었습니다. 혹 죽은 이들에게서 무슨 단서라도 나왔습니까?"

홍원의 물음에 항자명은 어두운 얼굴로 고개를 저었다.

"자세히 조사하지는 않았지만, 현재까지는 아무것도 없었습니다."

무거운 기운이 내려앉았다.

항자명은 그 후로도 몇 가지를 더 물어보았다. 하지만 별다른 것이 없었기에 자리에서 일어나는 그의 어깨는 힘없이 처져 있었다.

"아, 항 부대주님. 혹시 여기 장 공자를 도와주실 사람을 구해주실 수 있을까요?"

단리유화가 생각났다는 듯 말했다.

"네?"

"숭무련을 좀 둘러보고 싶어 하시는 것 같아서요. 아무래도 비상령이 떨어진 상황이니, 백호대의 대원과 함께 움직이는 것이 괜한 오해를 사지 않을 것 같아서요."

단리유화의 말에 항자명의 시선이 홍원을 향했다.

홍원은 머쓱한 얼굴로 있었다. 항자명이 어떤 뜻으로 자신을 보고 있는지 알 수 있었기 때문이다.

이런 상황에 한가로이 련 내부를 둘러보고 싶다니, 곱게 보일 리 없었다.

"알겠습니다. 한 명 보내도록 하지요."

그래도 삼 공녀의 부탁인지라 항자명은 긍정의 대답을 남기고 집무실을 나섰다.

아마도 단리유화를 습격한 흉수를 쫓는 인원 중 가장 실력이 처지는 사람을 하나 보내리라.

"백호대의 사람과 함께 움직이면 조금 나을 거예요."

"괜한 폐를 끼치는군요."

홍원의 말에 단리유화는 웃으며 고개를 저었다.

"장 공자께서 생각이 있으시니 그러시겠지요. 향산에서처럼요."

어느새 단리유화는 홍원을 상당히 신뢰하고 있었다. 그간 홍원이 보여준 모습 덕이다.

그중에서도 오늘 연달아 보여준 신위가 압권이었다.

잠시 기다리자 무사 한 명이 단리유화의 집무실을 찾아왔다.

"철지양이라 합니다."

"장홍원입니다."

그렇게 두 사람은 함께 움직이기 시작했다.

홍원은 철지양의 안내를 받아 그가 갈 수 있는 한도 내에서 숭무련을 구석구석 돌아보았다.

그런 홍원을 바라보는 철지양의 얼굴에는 복잡한 표정이 떠올라 있었다.

숭무련에 대한 자부심과 더불어, 사람 한 명이 아쉬운 이 비상 사태에 자신이 하고 있는 일에 대한 자괴감이 들었다.

홍원은 그 모든 것을 알고 있었지만 모른 척했다. 거기까지 신경 쓰기에는 시간이 없었다.

암영대주가 선문강과 만나기 전에 어떻게든 그를 처리해야 했다.

'좀 더 독했어야 했어.'

애초에 오늘 도망치게 두지 않고 그의 목숨을 취했으면 이런 귀찮은 일도 없었다.

여러 가지로 새로 깨우치고 있었다.

홍원은 숭무련을 그냥 구경하는 것이 아니었다.

기감을 최대한 예민하고 넓게 퍼뜨리고 있었다. 암영대주의 기운을 찾아내기 위해서였다. 그 덕에 홍원은 숭무련에 있는 이들 대부분의 기운을 느끼고 있었다.

선문강은 물론이고 공야무 련주의 기운까지 느꼈다.

하지만 그들은 누군가가 자신들을 탐색하고 지나갔음을 전혀 몰랐다.

그렇게 홍원의 기감은 은밀했다.

숭무련 내부를 아무리 둘러보아도 암영대주의 기운을 느낄 수가 없었다. 금지를 들어가지 못했다 하더라도, 홍원의 기감은 그 내부를 샅샅이 훑었다.

'숭무련 내부에는 없다.'

다행이라면 다행이다.

그 말은 아직 암영대주가 선문강을 만나지 못했다는 의미였다.

'아무래도 외부에 있는 모양이군. 그렇다면 그가 숭무련 내로 들어오려 할 때를 노린다.'

홍원이 그렇게 마음먹었을 때, 어느새 해가 뉘엿뉘엿 서쪽으로 넘어가고 있었다.

그리고 마침내 숭무련의 유명한 곳은 대강 다 돌아보았다.

"정말 감사합니다, 철 무사님. 덕분에 좁기만 했던 안목을 크게 넓혔습니다. 숭무련은 과연 대단하군요."

"뭐, 도움이 되셨다니 다행이군요. 그럼 이제 이쪽으로 가시지요."

숭무련에 대한 찬양에 가까운 말에 철지양은 어깨를 으쓱하고는 걸음을 옮겼다.

단리유화에게 이미 언질을 받았기에 홍원을 그녀의 거처로 안내하는 것이다. 홍원이 잠시 머무를 숙소도 단리유화의 거처 근처로 배정해 둔 상태다.

단리유화가 손을 쓴 덕분이다.

"어디로 가는 겁니까?"

"삼 공녀께 가는 겁니다."

"아, 그렇군요."

붉게 물든 노을을 보며 홍원은 고개를 끄덕였다. 이제 업무를 보는 이들이 하루 일과를 마무리할 때다. 단리유화도 집무실을 나와 거처로 갈 터, 홍원은 내현각과는 다른 곳으로 걷는 철지양의 뒤를 묵묵히 따랐다.

방진목은 인상을 잔뜩 쓰고는 선문강의 집무실을 나섰다. 어느새 사위는 어둑어둑해져 있었다.

"보고할 때는 들은 척도 않더니……."

그는 자신이 련주의 집무실에서 보고할 때 선문강의 태도를 똑똑히 기억했다.

그런데 뒤늦게 호출해서는 이 늦은 시간까지 자신을 잡아두었다. 그것도 굉장히 꼬치꼬치 캐물으면서 말이다.

그 덕에 삼 공녀를 습격한 흉수에 대한 조사는 부대주인 항자명에게 일임하고 이곳으로 올 수밖에 없었다.

또한 선문강의 집무실을 나올 때 들은 마지막 명령이 교상번을 습격한 흉수를 찾으라는 것이었다.

삼 공녀의 사건에서 자신을 완전히 배제하겠다는 것이다.

대체 왜 그러는 것일까.

불만이 가득했지만, 방진목이 할 수 있는 것은 없었다. 그저 까라고 하는 대로 깔 뿐.

한편 선문강은 방진목이 나간 문을 물끄러미 바라보았다. 그런 그의 얼굴에는 안도의 기색이 역력했다.

'다행히 사로잡힌 이는 없다. 시신 몇 구를 확보했을 뿐, 그렇다면 백호대에서 알아낼 것은 아무것도 없겠군.'

방진목을 정말 집요하게 괴롭혔다. 명분은 있었다. 삼 공녀의 안위의 문제였으니까.

다만 련주 집무실에서와 전혀 다른 태도였기에 방진목이 불만이 가득한 기색을 비쳤다. 선문강의 입장에서야 방진목의 불만이야 신경 쓸 바가 아니다.

'암영대주가 뒤처리를 잘하고 빠져나갔어. 그렇다면 곧 나를 찾아오겠군.'

선문강은 암영대주의 행동을 쉬이 예측할 수 있었다.

그가 자신과 연락할 수단이 현재는 없었다. 그렇다면 직접 찾아올 테고. 현재 비상령 때문에 이전처럼 쉬이 찾아올 수 없을 것이다.

'위장 신분을 이용해서 들어오려면 내일 새벽은 돼야 한다.'

마음이 급했다.

그때까지 기다릴 수 없을 것 같았다. 하지만 비상령이 떨어진 상황에서는 아무리 선문강이라도 함부로 움직일 수 없었다.

그가 암영대를 손에 넣은 것은 아직은 아무도 몰라야 한다.

'단리유화, 그년은 알겠군. 귀찮은 아이야.'

현재 공야무가 련주라고 불리고는 있고, 련주의 업무를 보고 있지만, 아직은 잠정적인 련주였다. 때문에 련주의 모든 권리를 행사하지 못하고 있었다.

공야무가 련주에 취임했음을 알리는 무림 대회를 열게 되면 그때부터 그는 숭무련의 정식 련주가 된다.

그렇게 되면 많은 것이 변한다.

일단 그때는 단리유화는 더 이상 공녀가 아니다.

공녀는 련주의 제자에게 붙는 호칭이었기 때문이다.

또한 공야무가 련주가 되면 암영대, 묵영대, 흑영대의 삼영대에 대한 통제권을 정식으로 획득하게 된다.

그렇게 되면 지금처럼 암영대를 마음대로 부리지 못하게 된다.

숭무련의 숨은 칼 세 자루를 련주가 가만히 놔둘 리 없으니까.

그렇다고 련주가 삼영대를 모두 소집하거나 하지는 않을 것이다. 그건 너무 눈에 띄는 일이다. 그저 대주들을 불러 현재 전력에 대한 보고를 받을 것이다.

선문강의 예상으로는 그랬다.

그렇게 한다면 자신이 임의로 운영하여 피해가 난 부분에 대해서는 공야무의 눈을 가리고 넘어갈 수 있다.

당장 숭무련에서 삼영대를 부릴 일이 없었다.

단 하나, 죽림을 쫓는 일이 있으나 그건 숨은 칼을 사용할 일이 아니다.

숭무련이라는 이름의 거대한 칼을 사용해서 처단할 일이다.

선문강은 일단 은밀히 자신의 수하를 불러 새벽에 암영대주가 쉬이 들어올 수 있도록 접선 위치에 비선들을 보냈다.

길고 긴 밤이 될 듯했다.

선문강은 자신이 집무를 보는 책상에 앉았다.

톡, 톡, 톡.

그리고 손가락으로 책상 한 곳을 천천히 두드렸다. 그만의 버릇이었다.

"그나저나, 장홍원이라… 그건 녀석은 어디서 또 튀어나온 걸까? 강호는 넓고도 깊다는 것인가… 대업으로 가는 길에 변수가 자꾸 생기는군."

누구도 듣지 못할 작고도 작은 목소리다.

밤이 깊었다.

홍원은 단리유화의 거처에서 가까운 곳에 위치한 허름한 집한 채를 숙소로 받았다.

그녀의 거처가 단출했다면 이곳은 그야말로 허름했다. 하지만 홍원에게는 아무 상관없었다. 오히려 온전한 독채를 받았다는 것이 더 좋았다.

아무도 신경 쓰지 않아도 되니 말이다.

시비조차 배정되지 않았지만, 그 또한 같은 이유로 좋았다.

한 가지 의문인 것은 숭무련이라는 거대하고 강력한 집단의 내부에 왜 이런 곳이 있느냐 하는 것이다.

중요한 것은 아니었기에 홍원은 잠시 떠올린 의문을 지우고는 방에 가부좌를 틀고 앉았다.

이미 밤이 깊어가고 있다.

홍원은 지금 새로운 시도를 하고 있었다.

전력을 다해 기감을 끌어 올렸다. 그리고 넓게 퍼뜨렸다. 숭무련 전체를 뒤덮었다.

넓게 퍼뜨린 만큼 기감의 예민함이 떨어졌다. 현재 홍원의 실력으로는 숭무련 전체를 예민하게 살피는 것은 무리였다.

숭무련의 크기는 읍성보다도 컸다.

그야말로 하나의 거대한 성이었다.

그리고 강대한 실력을 가진 무인들이 너무나 많았다. 그들 하나하나에게 들키지 않을 정도로 기감을 펼치는 것은 무척이나 정교한 작업이었다.

때문에 넓게 퍼뜨릴수록 기감의 감도는 떨어졌다.

그래서 홍원은 기감의 형태를 바꾸려 하고 있었다. 어차피 숭무련 내부에 암영대주가 없음은 확인한 터.

그렇다면 굳이 내부 전체를 살필 이유가 없었다. 숭무련으로 들어오는 곳만 살피면 된다.

즉, 홍원은 지금 숭무련의 경계만 살피려 하는 것이다.

넓게 퍼졌던 기감이 가운데 빈 공간을 두고 점점 외곽으로 움직였다.

숭무련의 성벽을 따라 경계 지어진 최외각을 향해 홍원의 기감이 움직였다.

그렇게 홍원의 기감은 하나의 띠가 되어 숭무련을 둘러쌌다. 그리고 그 띠에서 홍원을 향해 한 줄기 기감의 길이 연결되어 있었다.

홍원은 땀을 뻘뻘 흘리고 있었다.

설명하기는 쉽지만 무척이나 힘든 작업이었다. 홍원으로서도 전력을 다하면서 한계에 부딪히는 일이었다.

그럼에도 끊임없이 시도했고, 결국은 성공했다.

지금 홍원은 숭무련을 드나드는 사람의 기운을 모두 일목요연하게 느끼고 있었다.

그렇게 숭무련의 한쪽에 앉아 있는 홍원이 숭무련 전체의 출입자를 감시하고 있었다.

밤은 점점 깊어갔다.

자정을 지나 축시도 지나갔다. 그리고 인시에 접어들었다.

홍원의 몸은 땀으로 흠뻑 젖어 있었다.

극도의 집중력을 요하는 일이었다.

인시 말엽을 향해 시간이 지나갈 때쯤, 홍원의 눈썹이 움찔 움직였다.

第三章

운중적룡

고요한 밤하늘.

빠른 속도로 날아온 전서응 한 마리가 그 지친 날개를 접었다.

전서응의 도착을 발견한 담당 무사는 헐레벌떡 전서응을 내려서 새장으로 향했다. 어지간한 소식은 전서구를 사용하고, 급박한 소식만 전서응을 사용했기에 그의 손길은 다급했다.

매의 발목에 묶인 전통 역시 가장 화급함을 알리는 빨간색이었다.

서둘러 전통을 풀어 안의 서찰을 꺼냈다.

봉해져 있었다.

급하면서 극비의 소식이다. 무사는 입술을 살짝 깨물고는 달렸다.

그의 상급자에게 어서 전해야 한다.

분명 이 시간이면 어딘가에 숨어서는 코 골며 자고 있을 터다. 그간 그다지 위중한 일이 없어 자연스레 생긴 타성이다.

다행히 이 무사는 자신의 상급자가 숨어드는 자리를 모두 꿰고 있었다.

그렇게 사혈궁의 깊은 밤은 갑작스레 요란해졌다.

전서응의 발목에서 나온 서찰은 그렇게 사혈궁의 연락 체계를 거쳐 위로, 위로 올라갔다.

최종적으로 침소에서 급하게 나온 사혈궁주 교중학의 눈앞에 여전히 봉해진 상태로 도착했다.

"이게 반 시진 전에 도착한 거라고?"

무척 빠른 속도로 전해졌음에도 반 시진이나 걸렸다. 이유는 간단했다. 전서응이 숭무련에서 왔기 때문이다.

급하고 중한 내용이나 연락 체계를 깨뜨릴 정도의 사안이 아니었다.

만약 지금 어딘가의 세력과 전쟁 중이었다면, 도착하는 즉시 교중학에게 전해졌으리라.

그런 관계로 교중학과 마주하고 있는 사혈궁의 문상 역시 서찰을 뜯어보지 않았다.

"네, 그렇지 않아도 대공자께서 숭무련에 도착할 시기가 되었습니다. 그와 관련된 소식이 아닐까 합니다."

문상 문인백송의 말에 교중학은 얼굴을 찡그렸다.

눈에 넣어도 아프지 않은 손자의 소식이 이런 식으로 왔다고 하니 왠지 불길한 예감이 들었기 때문이다.

교중학이 손을 뻗자 서찰은 둥실 떠올라 천천히 그의 손에 들어갔다.

봉인을 뜯고 서찰을 보는 그의 손이 점차 부들부들 떨렸다. 서찰은 문인백송의 손으로 건네졌다.

서찰을 찬찬히 보던 문인백송의 두 눈이 더 커질 수 없을 정도로 홉떠졌다.

"어, 어찌 이런 일이……."

문인백송은 채 말을 잇지 못했다.

의자에 앉아 있는 교중학의 몸에서 피어오르는 기세가 사납고 거칠었다.

"이게 대체 어찌 된 일인가……."

그의 목소리에는 분노가 가득했다.

"번아의 호위에 만전을 기하라고 했을 텐데?"

추궁하는 그의 말에 문인백송은 허리를 숙였다.

"만전을 기했습니다. 호위 책임자로 송 당주를 보냈습니다."

"송화독?"

문인백송의 말에 교중번이 잠깐 분노를 누그러뜨리고 물었다.

"네, 그 휘하의 수하들까지 모두 데리고 가도록 했습니다."

송화독이라 하면 그 창법의 경지가 높아 교중학도 눈여겨보는 이였다. 이미 사혈궁의 백대고수 안에 들었고, 십 년 후면 능히 십강 안에는 들 수 있을 거라 확신하는 고수였다.

그 정도라면 무림 어디에서도 능히 행세할 수 있는 이다.

숭무련의 무림 대회에 참석하기 위해 가는 장손자의 호위로
는 충분하다 못해 넘쳤다.

그런데 그 꼴이 되도록 당했다니.

무언가 일이 있었을 것이다.

흉수의 정체를 모르고 흉수를 밝혀내는 데 전력을 다하겠
다는 숭무련의 서찰.

아마도 숭무련에서 엉망진창이 된 손자를 발견하고 곧바로
전서응을 날렸을 것이다.

그들을 믿을 수 없었다.

이미 이런 사달이 났다는 사실에서 그들은 교중학에게 신뢰
를 잃었다.

"하운은?"

교중학이 낮게 물었다.

그의 물음에 순간 문인백송은 대답하지 못하고 눈치만 살폈
다. 그 모습에서 교중학은 자신의 장자가 또 무얼 하고 있는지
쉬이 알 수 있었다.

"또 처먹으러 간 건가?"

문인백송은 허리를 숙이고 있을 뿐이다. 그의 반응으로 교중
학은 자신의 예측이 맞았음을 알았다.

"그 빌어먹을 놈은 여기저기 처먹으러 돌아다닌다고, 이번에
도 제 아들놈을 보내서 이 사달이 벌어지게 만들어? 대공자로
서의 경험을 쌓아야 한다는 그럴 듯한 핑계까지 만들고는?"

교중학의 목소리가 다시 한 번 분노로 차올랐다. 그의 새하

얀 눈썹과 탐스러운 턱수염이 부들부들 떨렸다.

문인백송은 그저 그런 교중학의 눈치를 볼 뿐이다.

"그래서 이번에는 어디야?"

"저, 그 서쪽 변방의 성현성이라는 곳입니다."

문인백송이 교중학의 눈치를 보면서 조심스레 답했다.

"그 변방까지는 또 뭘 처먹겠다고 간 거냐?"

물음이 아니라 추궁이요, 취조였다. 문인백송의 등은 식은땀
으로 축축이 젖어 있었다.

운중적룡(雲中赤龍) 교하운.

교중학의 장남이자, 교상번의 아버지로 현 사혈궁의 소궁주
이다.

교중학이 오랫동안 궁주의 자리에 있으며 그가 소궁주가 된
지도 어느새 삼십 년의 세월이 흘렀다. 마흔다섯의 중년의 나
이임에도 여전히 소궁주였다.

그랬기에 그는 늘 유유자적했다. 좋아하는 일을 하면서 세월
을 보내고 있었다.

교중학이 태산과도 같이 궁주의 자리에 버티고 있었기 때문
이다.

그럼에도 교중학이 아무 말도 하지 않는 것은 그의 대단한
천재성 때문이다. 기실 교중학이 아들의 경지를 알아보지 못한
지가 벌써 오 년이 흘렀다.

그보다 든든한 소궁주가 어디 있겠는가.

그런 아들에게 딱 하나 마음에 안 드는 구석이 있었다.

그 스스로는 미식이라 표현하는 식탐이다.

교하운은 스스로의 취미를 미식이라 표현했고, 교중학은 그 것을 식탐으로 보았다.

아니, 작은 새우 한 마리를 잡은 자리에서 먹어야 진정한 맛을 느낄 수 있다며 칠 주야를 말을 달려 남해로 가서는 다시 거기서 배를 타고 사흘을 바다에서 보낸다는 게 말이 되는 일인가.

세상 쓸데없는 일이다. 적어도 교중학의 눈에는 그랬다.

"저, 마수 고기를 맛볼 수 있다는 소문을 듣고 가셨습니다."

"미친놈."

조심스러운 문인백송의 대답이 끝나자마자 교중학의 입에서 튀어나온 말이다.

"그놈 당장 숭무련으로 보내. 적룡당 애들도 전부."

적룡당의 교하운 직속 수하들로 모두 삼백의 인원으로 이루어져 있었다.

"알겠습니다."

"제 아들이 그 꼴이 났는데, 아비가 마수 고기나 처먹어보겠다고 변방에 가 있고… 그놈 보고 흉수 잡기 전에는 뭐 먹으러다닐 생각 하지 말라고 전해."

"네."

문인백송은 허리를 숙이며 대답을 하고 빠르게 자리를 떠났다.

장팔은 하품을 크게 하며 수레 옆에서 걸음을 옮겼다. 이른 새벽이지만 오늘 하루 숭무련에서 소모될 식자재를 실은 수레였기에 길을 서둘렀다.

저장이 어려운 식자재들은 이렇게 매일 아침 수레에 실어 숭무련에 납품했다.

장팔은 그런 상단의 일꾼이었다.

최근 일을 자주 쉬어서 단주에게 단단히 찍혔으나, 워낙에 일을 잘하는 데다가, 숭무련 무사들과 관계도 좋았기에 여전히 이 일을 할 수 있었다.

그렇지 않았다면 진즉에 해고되었으리라.

새벽하늘에 여전히 별이 총총 빛나고 있었다. 그렇게 걸음을 옮기니 어느새 숭무련의 정문에 도착했다.

수레가 들어갈 문은 그 옆에 난 다른 문이었다. 무사들의 검문이 시작되었다.

평소와 다르게 여간 꼼꼼히 검문하는 게 아니다.

"아니, 추 무사님. 늘 가는 수레고 늘 오는 사람들인데 뭘 그리 살벌하게 살피십니까?"

장팔의 말에 추 무사라 불린 사내가 피식 웃었다.

"지금 련 전체에 비상령이 떨어진 상황이야. 장팔이 자네도 평소처럼 하다가는 경을 칠 수 있으니까 조심해."

평소 친하게 지낸 사이였기에 장팔의 물음에 그리 대답해 주었다.

이럴 때 인맥 덕을 보았다.

다른 일꾼들은 평소와 다른 모습에도 차마 물어볼 생각을 못 하고 있었다. 그들의 기세가 워낙에 삼엄했기 때문이다.

추 무사의 대답에 다들 잔뜩 긴장했다. 장팔 역시 마찬가지다.

"통과."

그의 말에 문이 열렸고 수레는 성문을 통과했다.

그렇게 수레는 지정된 식자재 창고로 움직였다.

숭무련의 대부분 무사들의 식사를 책임지는 식당은 거대한 누각이었다.

그런 누각이 숭무련에 모두 네 곳이 있었고, 지금 장팔이 향하는 창고에서 그들 누각으로 식자재가 배분된다.

멀리 창고의 커다란 위용이 눈에 들어왔다.

"여보, 나 잠시 측간 좀 가야겠네. 아까 추 무사의 서슬에 오금이 저리더니 좀 급해졌어."

장팔이 몸을 배배 꼬며 말했다.

"원, 오늘은 그냥 넘어가나 했네."

장팔은 가끔 이렇게 창고로 가는 중간에 측간에 들리고는 했다.

칠 일에 한 번 꼴로 있던 일이라 동료들은 그러려니 했다.

"그래도 오늘은 비상령이 떨어졌다고 하니 조심해. 경을 칠지도 몰라."

"알겠네, 내 조심하지."

이 주변의 측간이 어디 있는지는 다들 알았다. 장팔은 조심히 주변을 살피며 걸음을 옮겼다.

홍원은 근처에서 기척을 완전히 지우고 그 모습을 보고 있었다.

홍원의 기감에 걸린 사내, 그가 지금 측간을 간다며 조심스레 움직이고 있었다.

'암영대주.'

설마 저런 일꾼으로 신분을 숨기고 있을 것이라 생각지 못했다.

아무리 숨은 칼이라 하나 숭무련 내 어딘가에 있을 것이라 생각했던 것이다. 그런데 아예 외부의 상단 일꾼이라니.

숭무련에서 제법 철저히 그들의 칼을 숨긴 것 같았다.

홍원도 암영대주와 부딪혀 본 경험이 있어 그의 기운을 알고 있었기에 이렇게 찾은 것이지, 그렇지 않았다면 상당히 난감했을 것이다.

사실 기감을 숭무련 전체를 둘러싸는 띠로 만들어 드나드는 사람을 모두 찾는다는 것은 굉장히 어려운 일이었다.

아마도 한 시진쯤 더 흘렀다면, 홍원도 한계에 부딪혔을지 몰랐다.

'뭐, 얻은 것도 있지만……'

암영대주를 찾은 것은 좋았지만, 그가 선문강과 만나기 전에 처리하는 것은 또 다른 일이었다.

상단의 일꾼으로 들어왔으니, 그들이 나갈 때 분명 인원을 점검할 것이고, 그때 장팔이라는 저자가 사라진 사실이 드러나면, 다시 한 번 시끄러워질 것이다.

이미 비상령이 내린 상황 아니던가.

그 상황을 어떻게 해결을 해야 하나가 고민이었다. 그 때문에 수레가 숭무련의 문을 통과한 이후 지금까지 계속 지켜보기만 했다.

그러다가 그가 측간으로 간다는 말에 퍼뜩 떠오르는 생각이 있었다.

하지만 그 생각을 바로 실행에 옮기지는 않았다.

다시 한 번 그 이후 상황을 살폈다. 그로 인해 연관되어 생기게 될 일들을 말이다.

특히나 선문강이 어찌 생각하고 어찌 행동할지를 고민했다.

'선문강은 장홍원을 어떻게 평가하고 있을까. 단리유화를 도와 수많은 암영대를 쓰러뜨렸을 강자라고 알고 있겠지. 그리고 그 정체를 살피기 위해 암영대주를 기다리고 있을 거야, 분명. 그러던 차에 암영대주가 죽는다?'

생각이 복잡해졌다.

암영대주가 죽는다 해도 다른 암영대의 무사가 있었으니 그들을 통해 자신에 대해 캐내려 할 것이다.

하지만 어제의 자신과 읍성에서의 자신이 동일인이라는 것을 눈치챈 이는 암영대주 하나였다.

암영대의 다른 이들은 그 정도의 안목이 없었다. 결국 그가 선문강과 만나기 전에 암영대주를 처리하면 될 일이다.

그 다음이 문제다.

선문강의 의심을 어느 쪽으로 흐르게 하느냐.

어떻게든 선문강의 의심을 읍성에서 다른 곳으로 돌려야 했다.

여기서 문제가 되는 것이 단리유화의 행적이다.

그녀의 행적을 거슬러 가다 보면 결국 읍성으로 이어진다.

그리고 자신은 단리유화와 함께 나타났다.

'골치 아프군. 너무 경솔했어.'

화두에만 너무 집중해 홍이 오른 탓이리라.

그사이 장팔은 측간에 거의 도착해 가고 있었다.

홍원은 자신의 숙소를 감시하던 이들을 떠올렸다. 그들의 눈을 숙이고 나오는 것은 아주 간단했다. 그들은 자신이 여전히 숙소에서 꼼짝도 않고 있을 것이라 여길 것이다.

적어도 직접 문 앞에서 자신의 숨소리를 들으려 하지 않는 이상은 들킬 염려가 없었다.

알려져 있는 자신의 실력 덕에 그들은 제법 거리를 유지하고 있었다.

'결국 숭무련을 한번 뒤집어야겠군.'

홍원은 결정을 내렸다.

그리고는 옷을 모두 벗고 단검 하나를 손에 쥔 채 장팔이 향하고 있는 측간으로 스며들었다.

죽림이 다시 숭무련을 찾아왔다.

홍원은 내공으로 소리를 차단한 채, 단검의 검면에 손가락을 움직였다.

손가락을 따라 새겨지는 두 글자.

竹林.

그리고 내공으로 온몸을 감싸고는 측간 아래로 내려갔다. 언제 올지 알 수 없었던 신도운악의 경우와는 달랐기에, 홍원은 내공의 벽으로 오물이 자신의 몸에 묻는 것을 완벽히 차단했다.

끼익.

그때 문소리가 들리며 장팔이 들어왔다.

장팔, 아니, 암영대주가 선문강이 보낸 비선과 접촉하려면 아직 약간의 시간이 남았다. 일각 정도의 시간이다.

측간을 나가 조금만 가면 비선과 접촉할 수 있는 장소다. 일단 측간에 들어오자 아랫배에 묵직한 느낌이 들었다.

마침 왔으니 일도 해결해야겠다는 생각에 바지를 막 내리는 순간.

푹!

화끈한 통증이 항문에서부터 머리끝까지 느껴졌다.

"크윽……."

이미 홍원이 내공으로 측간 전체를 차단한 상태라 소리가 새어 나가지는 않을 것이다.

"역시 단검은 좀 짧군."

홍원이 담담히 중얼거렸다.

장팔의 시선이 아래로 향했다. 오물 속에서 헐벗은 상체를 드러낸 채 차가운 눈으로 자신을 바라보고 있는 사내가 있었다.

단리유화의 곁에 있던 사내다.

"너, 너는……."

장팔, 암영대주는 황급히 내공을 끌어 올리려 했다.

"그럼 잘 가게."

단검에서 새하얀 검강이 솟구쳐 오르며 암영대주는 그대로 절명했다.

홍원은 아래로 쓰러지려는 암영대주를 재빨리 받아 들며 오물통 밖으로 나왔다.

내공으로 차단막을 친 덕분에 홍원의 몸은 깨끗했다.

홍원은 재빨리 장팔의 옷을 벗겨 자신이 입었다. 그리고 암영대주의 얼굴과 모습을 보며 자신의 얼굴을 변형시켰다. 키가 비슷했기에 얼굴만 잘 바꾸면 될 듯했다.

잠시 후 얼핏 봐서는 절대 알아차릴 수 없을 만큼 장팔과 같은 얼굴이 되었다.

거울이 없는 이곳에서는 이 정도가 한계였다.

홍원은 장팔을 똥통에 빠뜨렸다. 아마도 금세 발견될 것이다. 지금 선문강이 눈이 빠지라고 암영대주를 기다리고 있을 테니, 그가 나타나지 않으면 수색을 할 터.

그전에 숭무련을 벗어나야 했다.

암영대주의 항문에서 나온 피로 바지의 뒤쪽이 축축이 젖어 있었다. 이것 또한 홍원이 의도한 것이다.

그 와중에 홍원은 기감을 길게 느려 뜨려 자신의 숙소 주변의 움직임을 주시했다.

천선심법의 분심의 공능. 그것이 이 모든 행위를 가능하게 해주었다.

'지난밤의 경험이 큰 도움이 되었어.'

홍원 자신을 중심으로 큰 원을 그리며 기감의 범위를 넓히는 방법은 분심의 공능으로 사용하는 데 무리가 없었다.

하지만 지금과 같이 특정 지역을 기감의 영역에 둔 후 그곳과 자신을 하나의 기감의 실로 연결하여 일정 지역을 감시하는 것은 불가능했었다.

엄청난 집중력을 요구하는 작업인지라 천선심법의 공능으로도 힘든 일이었다.

하지만 지난밤, 암영대주를 찾기 위한 기감의 응용 덕에 이제는 가능했다.

"내 행적을 증명할 이들이니, 제대로 살펴야지."

홍원은 자신의 숙소를 감시하는 자들의 동태를 하나도 놓치지 않고 모두 느끼고 있었다.

측간 밖으로 나온 홍원은 자신이 벗어둔 옷을 챙긴 후 몸을 잔뜩 웅크리고, 얼굴을 잔뜩 찡그리고는 어기적거리며 걸었다.

이러니 장팔과 홍원의 미세한 외모의 차이를 전혀 느낄 수가 없었다.

식자재 창고 쪽으로 조금 걸어가니 한 일꾼이 기다리고 있었다. 아무래도 숭무련의 분위기가 심상치 않아 동료를 챙기려 기다린 모양이다.

그런 그가 장팔을 보고는 깜짝 놀랐다.

"아니! 자네 이게 무슨 일인가!!"

일을 보러 간다던 동료가 바지 아래로 핏방울을 뚝뚝 흘리며, 배를 움켜쥐고는 어기적거리며 나타났으니 놀라는 게 당연한 일이다.

서둘러 곁으로 달려온 사내에게 장팔은 탁한 목소리로 힘겹게 말했다.

"혀… 혈변을……."

잔뜩 쉰 듯한 목소리.

장팔의 목소리와 전혀 다른 목소리였지만, 쉬어서 그렇다는 생각이 들게 했다.

"허어, 지난밤에 대체 무슨 일이 있었기에 이리된 거야! 어서 의원에게 가야 할 텐데……."

그는 발을 동동 굴렀다.

숭무련에서 한낱 식자재 운송꾼의 몸 상태를 위해 의원을 불러줄 리 만무했다.

"내가 사람들에게 말할 터이니, 자네는 어서 나가보게. 이런 상태면 아무리 분위기가 안 좋아도 내보내 줄 걸세."

낮게 고개를 끄덕인 장팔은 힘겹게 성문 쪽으로 걸음을 옮겼다.

추 무사는 그런 장팔을 발견하고는 깜짝 놀랐다.

"장팔, 이게 무슨 일이냐?"

"혀… 혈… 혈변이……."

아까와 똑같았다.

"허어……."

아직도 한 방울 한 방울 피가 떨어지고 있었다.

장팔이 걸어온 길에 그 흔적이 고스란히 보였다.

"어서 의원에게 가봐야겠군. 내가 그리 처리할 테니 어서 가봐."

장팔은 허리를 꾸벅 숙이고는 걸음을 힘겹게 옮겼다.

숭무련의 거대한 성을 둘러싸고 이루어진 큰 도시가 있다.

숭무련이라는 곳은 그 존재만으로 어마어마한 소비를 해대는 곳이었기에 자연스레 사람들이 모여 만들어진 도시다.

장팔은 골목을 천천히 걸었다.

아직 보는 눈이 있었다.

천천히 새벽의 어둠이 사라질 무렵.

주변에 자신을 발견할 기척이 없음을 확인한 홍원은 순식간에 그 자리에서 사라졌다.

암영대주의 시체가 발견되는 순간, 숭무련은 다시 한 번 뒤집힐 것이다.

그러라고 남긴 흔적이니까.

자신의 숙소로 스며든 홍원은 여전히 기감을 펼쳐 유지했다.

자신을 감시하는 자들 하나하나의 기척에 집중했다.

그들의 움직임도 모두 쫓았다.

그 움직임의 마지막, 더 이상의 움직임이 없는 곳이 선문강이 있는 곳이리라.

이른 아침에 저절로 눈이 떠졌다.

오늘은 또 어떤 맛있는 음식을 먹을까 하는 기대가 절로 졸음을 쫓아냈다.

침상에서 몸을 일으켜 창을 열자 아침의 신선한 공기 속에 봄 내음이 나고 있었다.

"흐음, 봄이라… 봄이면 신선한 소채들이 제맛인데. 쩝."

일어나자마자 먹을 생각부터 하는 중년인의 풍모는 고고한 학자의 그것이었다.

"기침하셨습니까? 소궁주."

밖에서 수하의 목소리가 들렸다.

"그래, 일어났네."

"잠시 실례하겠습니다."

"그러게."

소궁주, 교하운의 대답과 함께 방의 문이 열리고 세안 물을 가지고 온 시비와 두 눈이 부리부리한 장한이 들어왔다.

"고맙네."

세안 준비가 끝나자 교하운은 천천히 씻었고, 그의 세안이 끝난 후 시비는 조심스레 물러났다.

"아직 아침 식사를 하는 곳은 없겠지?"

"소궁주의 입맛에 맞는 곳들은 아직 준비 중일 겁니다."

"쩝, 아쉽군. 기다려야 한다는 것이."

입맛까지 다시는 그의 모습은 진심이었다.

"오늘은 어디로 가실 생각이십니까?"

장한의 물음에 교하운은 곰곰이 생각에 잠겼다. 세상 그 무엇보다도 중요한 고민을 하는 이의 모습이었다.

하루 이틀 봐온 모습이 아니었기에 장한은 그저 묵묵히 기다렸다.

"세연객잔으로 가도록 하지."

"자주 가시는군요."

교하운의 입에서 나온 객잔은 이틀 전에도 다녀온 곳이었기에 장한은 살짝 놀라서 말했다.

"그곳 숙수가 휴가를 가는 바람에 한동안 못 갔으니, 그만큼 먹어줘야지. 솔직히 성현성에서 내 입맛에 가장 잘 맞는 곳이 그곳이야. 젊은 숙수인데, 실력이 무척 대단해."

음식과 객잔에 대해 이야기를 하게 되자 쉬지 않고 길게 이어지는 그의 말에 장한은 그저 미소 지을 뿐이다.

"그러고 보니 그에게 거절당하셨다고요?"

"그래. 사혈궁으로 가서 대숙수 해볼 생각 없냐고 했더니… 자기는 그곳이 좋다더군. 아쉬워."

교하운은 진심으로 아쉬워했다.

그의 취미는 미식이었고, 낙은 식도락이었다.

그래서 맛있는 음식을 찾아 여행을 다녔고, 마음에 드는 숙수가 있으면 사혈궁으로 초빙했다.

물론 강제로 데리고 간 이는 단 하나도 없었다. 마음에서 우러나 함께하는 이가 아닌 다음에는 진정으로 맛있는 음식을 만들 수 없다는 교하운의 철학 때문이다.

"오가며 보니 객잔주의 딸인 우문 낭자와 보통 사이가 아닌 듯했습니다."

"그거야 나도 진작 알아봤지. 하지만 꼭 그 때문은 아닌 듯하네. 우문 객잔주와 그 가족도 모두 데리고 가겠다는 조건도 거절했거든."

그것까지는 모른 듯 장한은 살짝 놀랐다.

"후후… 적 당주가 놀라는 모습을 보니 내 즐겁네."

교하운의 말에 적 당주라 불린 장한은 머리를 긁적였다.

그때, 다급한 발소리가 들렸다.

"전서응이 오는 것 같더니, 궁에 무슨 일이 생겼는지 모르겠네."

하릴없이 먹을 생각만 하는 듯한 교하운이었지만, 이미 전서응이 날아 내려오는 기척까지 읽고 있었다.

적 당주는 과연이라는 얼굴로 자신의 주군을 바라보았다. 호탕한 인품에 이런 대단한 실력을 갖췄기에, 자신이 충성을 다하고 있는 것이다.

"당주님! 지급으로 온 전서입니다."

적 당주는 방문으로 가서 수하가 가지고 온 전서를 받아 교하운에게 전했다.

봉인이 된 전서를 펼쳐 교하운은 찬찬히 읽었다. 최지급을 뜻하는 붉은색이건만, 교하운의 행동은 여유가 있었다.

"쯧쯧쯧."

전서를 접으며 교하운이 혀를 찼다.

"무슨 일입니까?"

적 당주가 조심스레 물었다.

"안에서 새는 바가지 밖에서도 샌다더니… 에잉."

교하운의 말에 적 당주는 전서가 누구에 관한 것인지 알 수 있었다.

교상번. 교하운의 장남에 관한 일일 것이다.

자신의 주군이 저리 반응하는 건 그에 관한 일이 대부분이었다.

"아버님이 그렇게 싸고도실 때 알아봤지."

"대공자께 무슨 일이 있는 겁니까?"

"아주 제대로 당했다네그려."

"네?"

돌아온 대답에 적 당주는 깜짝 놀라 되물었다. 예의가 아님을 알았으나 놀랄 수밖에 없었다.

교상번이 지금 무슨 일을 하는지 잘 알고 있기에 나온 반응이다.

원래 교하운이 가야 할 숭무련의 무림 대회였건만, 이곳으로 오겠다고 적당한 핑계로 그의 장남인 교상번을 보내지 않았던가.

그 호위로 송화독이 자신의 당을 모두 이끌고 간 터다.

그런 교상번이 제대로 당했다?

있을 수 없는 일이다.

"정체불명의 인물에게 아주 사지가 다 부러졌다는구만. 쯧쯧, 그러니 내 그리 자중하고 조심하라 일렀건만. 그리 자만하고 제멋대로 굴더니 제대로 당했군, 당했어. 뭐, 이 일이 좋은 공부가 되어야 할 텐데. 쓸데없이 복수하겠다고 난리나 피우는 건 아닌지 모르겠구만."

교하운은 오른손으로 전서를 삼매진화로 태워 날리며 다탁에 앉았다.

왼손으로 찻주전자를 잡고 내공을 일으키자 금세 주전자 안의 찻물이 끓어 올랐다.

쪼르르.

찻잔에 찻물이 흐르는 소리가 울렸다.

"흐음… 역시 난 용정보다는 천지가 좋군."

차로 입안을 한 번 씻어낸 교하운은 영 마뜩잖다는 얼굴이었다. 아마도 전서의 내용 때문이리라.

"대공자께서 당한 일이신데, 당연히 원을 갚아야 하는 일 아닙니까?"

적 당주가 조심스레 입을 열었다.

"원은 무슨? 분명 제 놈이 맞을 짓을 했겠지."

교하운은 확신했다.

자기 아들의 인성이 어떤지 누구보다 잘 알았기 때문이다.

'하아, 소궁주님. 대공자의 성격이 그리된 것에는 소궁주님의 영향도 있습니다.'

교하운을 오랫동안 모신 적 당주다. 그랬기에 그의 가족사에 대해서도 아주 잘 알고 있었다.

미식 여행이라는 역마살로 천하를 주유하는 아버지 탓에 교
상번은 교중학의 손에 크다시피 했다.

교중학은 쓸데없는 취미를 가진 아들보다는 자신을 잘 따르
는 손자를 더욱 아끼고 예뻐했다.

그 결과가 지금 교상번의 인성이었다.

여행을 마치고 가끔 사혈궁에 들어 아들을 볼 때마다, 교하
운은 그 인성을 무척이나 언짢아했었다.

그렇게 부자간에는 메울 수 없는 골이 생겨 버렸다.

"아버님께서 당장 숭무련으로 가라고 하시는구만. 가서 흉
수 놈을 잡아서 당신 앞에 무릎을 꿇리라고 하시니, 이거 원.
숭무련으로 가야 할 것 같아."

적 당주는 작게 고개를 끄덕였다.

가장 마음에 안 드는 것은 바로 성현성을 떠나 숭무련으로
가야 한다는 것이었다.

"에잉, 아직 이곳에 온 목적은 못 이루었는데……."

교하운의 말끝에는 진한 아쉬움이 묻어 있었다.

그랬다.

마수의 고기를 맛보겠다고 왔건만, 아직 먹어보지 못한 것이
다.

성현성의 성주가 백방으로 알아보고 있다고 했지만, 쉬이 구
하지 못하는 모양이었다.

그리고 어제, 소문을 들은 것인지 해미성의 성주가 사람을
보내왔었다.

마수가 주로 서식하는 향산 북면은 해미성에서 가장 가까우니, 당연히 마수의 고기를 구하기 쉬운 곳도 그곳이라고.

해미성에 왕림만 해주시면 최선을 다해서 모시겠다는 전령이었다.

그래서 어찌할까 고민하면서 잠자리에 들었는데.

성현성도, 해미성도 아닌 숭무련이라니.

아쉽고, 가기 싫은 것이 당연했다.

교하운에게는 그랬다.

"슬슬 아침 영업을 할 때로구먼. 어서 세연객잔으로 가세나. 언제 또다시 먹을지 모를 묵 숙수의 음식으로 마지막 식사를 해야겠구만. 적룡당의 나머지 인원들은 궁에서 곧장 숭무련으로 향했다고 하니 우리도 때를 맞춰서 가야지."

"알겠습니다."

교하운이 움직일 때 데리고 다니는 수하는 적 당주까지 해서 열 명 정도다. 나머지는 모두 사혈궁에 있었다.

그들 모두가 움직이게 했다니 교하운도 내키지 않았시만, 빨리 움직여야 했다.

第四章
죽림재래

이른 아침이지만, 숭무련 내부에는 바삐 움직이는 사람들이 아주 많았다.

하루 열두 시진 중 사람의 움직임이 없는 때는 단 한순간도 없는 곳이다.

그 모든 움직임을 감지할 수도 없었고, 할 필요도 없었다.

홍원은 자신을 감시하는 이들의 움직임에만 집중했다.

그들도 사람인지라, 교대로 감시해야 했으며, 일부는 보고하러 갈 터였다. 그렇게 이어지는 보고는 종래에는 최고 책임자인 선문강에게로 이어질 것이다.

선문강의 위치를 모르는 지금으로서는 일단 그의 위치부터 알아내야 했다.

이 넓은 숭무련을 일일이 뒤지고 다닐 수도 없었다.

군사부에 그가 있을 확률이 가장 높았지만, 반드시 그러라는 법도 없었다.

실행하기 전에 사전에 정보 수집을 완벽하게 마쳐야 했다.

그렇게 홍원이 자신을 감시하는 자들의 움직임에 집중하고 있을 때, 선문강의 지시를 받고 암영대주를 기다리는 이는 안절부절못했다.

약속된 시간이 한참이나 지났음에도 그가 나타나지 않았기 때문이다.

선문강의 말에 따르면 그는 오늘 반드시 나타날 거라 했다. 그런데 나타나지 않았다. 선문강의 예측이 틀렸을 리는 없었다.

혹여 길이 엇갈린 것인지, 아니면 그에게 무슨 일이라도 생긴 것인지 알 수 없었다.

명령에서는 벗어나는 일이지만 그는 일단 움직였다.

조심스레 알아보니, 이미 암영대주가 섞여 들어오기로 한 식자재 납품업자들은 다녀갔다 했다.

그 와중에 이상한 이야기를 들었다.

그들 중 한 사람이 혈변을 보았다며, 항문으로 피를 흘리며 먼저 나갔다는 것이다.

그 이야기에 무언가 이상함을 느꼈다.

그가 암영대주와 접선하기로 한 곳은 련 내의 공용 측간 근처의 모종의 장소였다.

중간에 측간을 간다고 이탈했던 이가 혈변이라니.

측간을 평계로 이탈한 이가 암영대주일 확률이 높았다. 그렇다면, 측간에서 무슨 일이 있었던 것인가.

그는 황급히 그 측간으로 향했다.

아무런 이상도 없었다.

하지만 무언가 안 좋은 예감이 들었다. 측간이라는 장소와 항문에서 피를 흘렸다는 이야기가 못내 거슬렸다.

그는 긴 장대를 가져와 측간 바닥을 헤집었다.

공용 측간이긴 하지만 그렇게 깊게 파지 않은 곳이다. 깊이는 반 장(약 1.5미터) 정도로 알고 있다.

장대 끝에 무언가 걸렸다. 미리 장대에 달아둔 갈고리로 걸리는 것을 끄집어냈다. 제법 무거웠다.

똥물 속에서 딸려 올라오는 것.

그것은 시체였다.

그것도 항문에 단검이 꽂힌 시체.

"이, 이게 무슨……."

그는 황급히 사람들을 불러 모으고 군사부로 달려갔다.

숭무련이 다시 한 번 난리가 났다.

똥통 속에서 발견된 시체도 문제였지만, 그 시체의 항문에 꽂혀 있던 단검이 가장 큰 문제였다.

정확히는 그 단검에 새겨진 '竹林(죽림)'이라는 두 글자가 문제였다.

그야말로 숭무련이 발칵 뒤집혔다.

그 즉시 비상 회의가 소집되었다.

단리유화도 삼 공녀의 자격으로 그 회의에 참석했다.

"이게 대체 어찌 된 일이오?"

공야무가 심각한 얼굴로 물었다.

선문강이 일단 지금까지 수집된 정보로 상황을 설명했다.

"사망자는 장팔이라는 사내로, 현재 련에 식자재를 납품하는 곳의 일꾼입니다. 오늘 특이 사항으로는 중간에 측간을 가겠다며 자리를 비웠다 합니다. 한두 달에 한 번씩 있는 일인지라 대수롭지 않게 여겼다는군요. 그렇게 측간을 다녀온 후 항문에서 피를 흘렸다 합니다. 본인은 혈변을 봤다고 하고요."

선문강은 잠시 말을 쉬었다. 이 자리에 모여 있는 모든 사람의 시선이 그의 입을 향해 있었다.

"그 때문에 일행들과 달리 먼저 련을 나갔다고 합니다. 당시 수문 무사들도 그가 얼굴을 잔뜩 찡그리고 몸을 웅크린 채 피묻은 옷을 입고 나가는 모습을 봤다고 하는군요. 그런데 그가 공용 측간의 오물통에서 발견된 겁니다. 죽림이라 적힌 단검에 항문을 찔려 죽은 채로요."

좌중은 말이 없었다.

그 죽음의 형태가 그날의 사건을 떠올리게 만들었다. 더욱이 죽림이라는 이름까지.

"정확한 사인은 무엇입니까? 단검이라면 항문을 찌른 정도로 죽지는 않을 텐데요."

"정확히는 강기에 의한 장기의 손상입니다. 단검을 꽂은 후 강기를 쏘아낸 것 같습니다."

"허어……."

선문강이 질문에 대한 답을 하자 여기저기서 탄식이 흘러나왔다.

"대체 그런 일꾼을 그가 왜 죽인건가?"

공야무가 가장 중요한 부분을 물었다. 죽림의 행방은 모르는 상태이지만, 이번 일은 죽림의 행사라 보기엔 의문이 많았다.

특히나 죽은 사람이 그랬다. 그저 일꾼일 뿐이다.

지금까지 죽림의 손에 죽은 사람을 보면 무척이나 특이한 일이었다. 그래서 공야무는 혹시나 죽림을 사칭한 자의 소행이 아닐까 의심하고 있었다.

"크흠."

선문강은 잠시 헛기침을 하고 주변을 둘러보았다.

비상 소집된 회의인지라, 참여한 자들의 직책이 모두 높았다. 이 자리에 있는 모든 이들은 이 정보를 들을 자격이 있는 자들이었다.

장팔이 살아 있었다면 자격이 안 되는 자들도 있었으나, 그가 죽은 지금은 그 보안 단계가 낮아졌다.

"그는 암영대주입니다."

"헛!"

"그런!!"

"세상에!!"

선문강의 말에 여기저기에서 놀란 음성이 터져 나왔다. 이 자리에 모인 이들은 적어도 암영대의 존재에 대해서 알고 있는 이들이었다.

공식적으로 암영대라는 무력 단체는 숭무련에 존재하지 않는다.

하지만 일단 숭무련에서 운용하는 무력 부대였기에 그 존재를 고위층에서는 알 수밖에 없었고, 이 자리에 모인 이들은 모두 그 정체를 아는 이들이었다.

하지만 암영대주가 누구인지는 몰랐다.

그랬기에 모두 이토록 놀라는 것이다.

"하면 죽림의 복수인 것인가요?"

태고령 부련주의 물음이다.

암영대의 마지막 임무는 죽림과 은살림의 추적과 말살이었다. 그것을 알고 있는 태고령이었기에 가진 자연스러운 의문이었다.

"알 수 없습니다. 하지만 굳이 정체를 감추고 있는 암영대주를 찾아내서 죽인 점, 그리고 여태까지의 살행과는 다르게 자신의 이름을 남긴 점 등으로 추측 컨데, 그럴 가능성이 상당히 높다고 보고 있습니다."

선문강의 말에 다들 저마다의 말이 입 밖으로 튀어나왔다.

대륙 제일의 살수, 죽림.

그가 지금 숭무련을 상대로 움직이기 시작한 것이다.

"그런데 장팔, 아니, 암영대주가 런 밖으로 나가는 것을 목격한 이들이 있는데 어찌 런 안에서 죽은 채 발견된 것이죠?"

공야무가 련주의 자리에 오르면서 새로이 세 명의 부련주 중

한 명이 된 상월풍 부련주의 물음이었다.

"련의 의원들이 암영대주의 시신을 검시한 결과, 그가 련을 나가는 것을 사람들이 보았다고 한 때쯤에 죽었을 가능성이 큽니다."

"그건 불가능한 것 아니오?"

선문강의 대답에 태고령의 물음이 즉각 날아들었다.

"설마 죽림이 역용을 했다는 말인가요?"

이어진 상월풍의 물음에 선문강은 고개를 끄덕였다.

"그렇지 않을까 추측하고 있습니다. 본디 죽림은 철저히 준비하고 살행에 나서는 데다, 얼굴을 잔뜩 찡그리고 몸을 웅크렸다 하니 쉽게 그 차이를 발견하기도 어려웠을 테고요."

"그러고 보니 죽림이 네 번째 살행에서 면구를 사용했었지."

공야무의 말이었다.

"네. 아무래도 이번에도 그때와 비슷한 방법을 사용했을 거라 추측하고 있습니다."

그들은 홍원에 대해 몰랐기에, 열심히 엉뚱한 방향으로 추론하고 있었다.

어쩔 수 없는 일이다. 그들이 추론에 사용할 수 있는 정보가 너무나 적었다.

"교 대공자 쪽은 어떤가?"

그쪽 역시 중요한 일이었기에 공야무가 물었다.

"입을 꾹 다물고 있습니다."

선문강의 대답에 모두 의아한 얼굴을 했다. 숭무련 근처에서 일어난 일이다. 그리고 그들이 알고 있는 교상번의 성격이라면 지금 난리를 피워도 열두 번은 더 피워야 했었다.

"의외로군요."

태고령의 말에 다들 미미하게 고개를 끄덕였다.

"모르겠습니다. 그저 궁 내부의 일이니 숭무련에 알려줄 것은 없다는 말만 반복하고 있습니다."

"허어. 이건 또 무슨 일인지."

공야무가 관자놀이를 주무르며 말했다.

머리가 아파도 너무 아팠다.

자신이 련주가 되는 경사스러운 행사를 열려고 하는 때에 골치 아픈 일이 연이어 터지고 있었다.

이러려고 련주가 되려고 그렇게 경쟁했나 하는 생각에 자괴감까지 들었다.

"그럼 유화를 습격한 쪽은 어떤가?"

이어진 물음에 이번에도 선문강은 부정적인 대답을 내놓았다.

"아무런 흔적도 찾을 수 없습니다."

"그런가?"

애초에 기대도 하지 않았다는 듯한 공야무의 반응이었다.

"그런데 한 가지 걸리는 것이 삼 공녀과 함께 온 장홍원이라는 자입니다."

선문강의 입장에서는 그가 수상하고 미심쩍을 수밖에 없었다. 하지만 그 모든 것이 암영대와 관련되었기에 그에 관한 것을 구체적인 내용을 밝힐 수는 없었다.

"뭐가 걸린다는 것이죠?"

단리유화가 날카로운 목소리로 물었다. 그럴 수밖에 없었다. 그를 의심한다는 것은 자신을 의심한다는 것이었으니까.

"그를 만나신 것이 숭무련으로 오시면서 우연히 동행하게 된 것이라 하셨지요?"

"그래요."

이 부분은 단리유화가 애초에 그렇게 말한 것이다.

읍성이 시끄러워지는 걸 홍원이 극도로 싫어한다는 것을 알았기에, 그와 만난 곳을 숭무련으로 오는 도중이라 알렸다.

이것은 홍원도 미처 몰랐던 사실이다.

"그렇다면 그의 정체에 관해서도 제대로 모르시는 것 아닙니까?"

선문강의 이어진 질문에 단리유화는 제대로 답하지 못했다.

제대로 답할 수 없는 질문이었다.

"그, 그건……."

"갑자기 하늘에서 뚝 떨어진 고수입니다. 그러니 수상하게 여길 수밖에 없습니다."

"하지만 저를 위기에서 도와준 것은 명백한 사실입니다."

돌아온 단리유화의 말에 이번에는 선문강의 말문이 막혔다.

그에 관한 이야기를 파고들면 암영대의 이야기가 나올 수밖에 없으니까.

선문강은 단리유화를 노려보며 입술을 지그시 깨물었다. 그것은 단리유화 역시 마찬가지였다.

이 자리에서 당당히 자신을 노린 자들은 암영대라고 말하고 싶은 마음이 굴뚝이었으나, 증거가 없었다.

더군다나 암영대주까지 죽은 상황.

증거 없이 선문강을 몰아세웠다가 오히려 역공을 맞을 수도 있었다.

그랬기에 여기까지밖에 못 하는 것이다.

'그런데 장 공자의 움직임을 전혀 느끼지 못했는데, 언제 이런 일을 벌인 거지?'

단리유화의 경지가 올랐다 하나, 홍원이 마음먹고 움직인 이상 그 기척을 느끼는 것은 불가능했다.

지금도 홍원은 천장 한구석에서 그들의 대화를 모두 듣고 있었으나, 그들 중 누구도 홍원의 기척을 느끼지 못하고 있었다.

"어쨌든, 간밤의 그의 행적을 조사해 봐야 합니다."

"그건 너무 뜬금없는 이야기 같소만."

선문강의 말에 태고령이 반대했다. 어쨌든 삼 공녀의 손님이 아닌가.

"제가 이러는 것은 그가 어제 오늘 숭무련에 들어온 이들 중 정체를 알 수 없는 몇 안 되는 사람 중 하나라 그렇습니다. 아무리 삼 공녀의 손님이라 하나 혹여 죽림의 방수(幇手)일 가능성도 배제할 수 없습니다."

"……"

죽림의 이름이 나오자 다시 조용해졌다.

숭무련에게 죽림은 그런 존재였다.

암영대주가 죽림의 손에 죽었다는 소식에 선문강이 가장 먼저 떠올린 것이 그것이었다.

단리유화와 함께 온 이가 혹여나 죽림이 아닐까.

단리유화와 죽림은 끈이 있었기에 가능한 추측이었다. 어쨌든 신도 련주의 암살 의뢰를 한 것은 단리유화였고, 당시 자신은 모르는 다른 접선 방법을 단리유화가 죽림에게 얻었다면.

그래서 다시금 그에게 의뢰를 해 함께 숭무련으로 왔다면.

그런 생각이 꼬리에 꼬리를 물었다.

암영대주가 죽림에게 죽었다는 소식을 접하기 전에는 전혀 생각지 못했던 부분이다.

하지만 죽림을 떠올리는 순간 안개 같았던 부분이 맑게 개는 느낌이 들었다.

그래서 굳이 홍원을 물고 늘어지는 것이다.

'열심히 머리를 굴리는군.'

천장에 편안한 자세로 누워 그 이야기를 모두 들은 홍원은 피식 웃었다.

여기까지는 예상한 대로였으니까.

"그의 숙소는 제 거처에서 가까운 위치입니다. 그가 움직였다면 제가 몰랐을 리 없어요. 그는 간밤에 숙소 밖으로 나오지 않았습니다."

단리유화가 단호하게 이야기했다. 그 말에 선문강은 피식 웃었다.

"그의 실력이 삼 공녀보다 훨씬 뛰어나 삼 공녀가 미처 느끼지 못했을 수도 있습니다."

선문강의 지적에 단리유화의 얼굴이 살짝 붉어졌다. 회의석상에서 선문강이 공개적으로 단리유화의 실력을 깔봤기 때문이다.

사실 그의 말이 사실이었지만, 그 사실을 아는 이는 그녀를 제외하고는 이곳에 없다. 그저 선문강이 단리유화를 무시하는 모습으로만 보이는 것이다.

"홍, 그의 숙소 근처에 감시자들을 배치한 분이 더 잘 아실텐데요?"

단리유화의 반격에 선문강이 흠칫했다.

그가 배치한 감시자들 중 몇몇은 단리유화의 감각에 걸릴 정도의 실력을 가진 이였다.

무수한 인원을 동원해 감시했기에 몇몇을 단리유화가 느낀 것이다.

그녀의 지적에 사람들의 시선이 선문강에게로 향했다.

"비상령이 떨어진 상황에서 정체를 알 수 없는 외부인인지라, 절차에 따라 상황을 지켜보았을 뿐입니다."

선문강의 말에 몇몇은 고개를 끄덕였다. 그의 말대로라면 합당한 조치이기도 했기 때문이다.

숭무련의 한가운데 정체도 모르는 이가 마음대로 활보하게 둘 수은 없는 노릇이었으니까.

아무리 그 보증인이 단리유화라 하더라도 말이다.

그녀마저 속였을 가능성도 있지 않은가.

사실은 그보다 훨씬 많은 인원이 홍원을 감시했다. 그 사실을 알기에 홍원은 피식 웃을 뿐이다.

"어쨌든 감시했으니 잘 알겠군요. 그가 숙소에서 벗어났는지 어땠는지."

단리유화는 선문강을 쏘아보며 말했다.

"음……."

선문강은 대답을 하지 못하고 말을 삼켰다.

"유화의 말대로군. 어떠했는가? 선 군사."

공야무가 대답을 재촉했다.

"군사부의 보고로는 그는 간밤에 움직이지 않았습니다."

선문강이 규정 이상으로 동원한 이들이 감시한 결과 홍원의 숙소에서는 어떤 움직임도 보이지 않았다.

무턱대고 숙소 안으로 난입해 조사하지 않는 이상, 그들로서는 홍원의 부재를 확인할 방법이라고는 숙소 밖으로 나오는 이의 기척을 감시하는 것뿐이다.

그 결과 숙소 밖으로 나온 이는 없었다.

홍원의 실력이 감시자들을 아득히 넘어서고 있었기에 당연한 결과다.

"그런데… 만약 그가 죽림이라면, 군사부의 감시자들의 눈마저도 속일 수 있지 않겠는가?"

그때, 태고령이 의문을 제기했다.

선문강으로서는 굉장히 반가운 의문이다. 그의 의문에 몇몇은 고개를 끄덕였으니까.

"하면 그자를 이리로 불러보는 것이 좋겠군."

공야무의 결정에 선문강이 재빨리 사람을 불러 전령을 보냈다.

거기까지 들은 홍원은 재빨리 그곳을 벗어났다. 자신을 부르기 위해 방문하는 이보다 빨리 숙소에 도착해야 하니까.

그건 그리 어려운 일이 아니었다.

잠시 후, 홍원은 전령과 함께 비상 회의 장소에 당도했다.

"무슨 일로 소인을 이런 과중한 자리에 부르셨는지요?"

홍원이 정중히 물었다.

선문강은 그의 그런 행동조차 마음에 들지 않았다.

"그대는 간밤에 어디에 있었는가?"

냉큼 본론이었다.

방심하고 있는 틈을 타 찌른 선문강의 회심의 일격이기도 했다.

"저야 숙소에서 조용히 명상을 하고 있었습니다만?"

홍원은 태연히 대답했다.

"증명할 수 있는가?"

"허……"

이어진 물음에 홍원은 헛웃음을 터뜨렸고, 몇몇은 그런 홍원의 태도에 불쾌한 기색을 비쳤다.

숭무련 최고위의 인사들이 모인 곳에서 저런 행동이라니 무척이나 건방져 보인 것이다.

"홀로 배정받은 숙소입니다. 혼자 지내는 곳에 혼자 있었는데, 어찌 증명을 하라는 겁니까?"

이치에 맞는 물음이다.

하지만 선문강은 그런 사정을 봐주고 싶지 않았다. 일단 그가 가장 의심이 가는 상황이었고, 진실 여부를 떠나서 잘 만하면 삼 공녀까지 엮을 수 있을 것 같았기 때문이다.

"그건 우리가 알 바가 아니네. 자네는 무척이나 위중한 죄의 혐의 선상에 올라 있네. 그러니 자네 스스로 어젯밤의 행적을 증명해야 할 것이네."

억지다.

억지도 이런 억지가 없었다.

이 자리에 있는 모두가 그 사실을 알고 있었다. 더군다나 이미 군사부의 감시자들이 그의 움직임이 없었다고 하지 않았던가.

그 모든 것을 알고 있는 사람들이 침묵하고 있었다.

그저 단리유화만 주먹을 꽉 쥔 채 부들부들 떨고 있었다.

"잠시만요!"

참다 못한 단리유화가 큰 소리로 외쳤다.

"그만. 저자는 사매가 데리고 온 사람이니, 사매는 끼어들지 마."

줄곧 침묵을 지키고 있던 영호진평이 단리유화를 막았다.

그는 신도운악의 대제자의 자격으로 현재 회의에 참석해 있었다.

"사형!"

단리유화가 영호진평을 노려보며 무어라 하려 했지만 영호진평이 한발 빨랐다.

"조용히!"

그런 영호진평의 두 눈에는 비웃음이 가득했다. 비천한 것이 감히 이 자리에 있냐고 눈으로 말하고 있었다.

그것을 느낄 수 있었던 단리유화는 이를 악물었다.

자신보다도 약한 사형.

가문의 힘으로 신도운악의 제자로 들어와 대제자의 자리를 차지한 자.

그는 늘 단리유화에게 열등감을 느꼈고, 그것을 비천한 신분이라 무시하는 것으로 표출해 왔다.

지금도 회의석상이었기에 저 정도로 말했을 뿐, 단둘만 있었다면 당장 험한 말이 튀어나왔을 것이다.

단리유화가 공야무에게로 시선을 돌렸다.

이 자리를 주재하는 이는 비공식 련주인 공야무였다.

"진평의 말이 옳다. 유화는 이번에는 잠자코 지켜보도록."

하지만 공야무는 영호진평의 손을 들어주었다.

"장홍원이라 했던가? 자네는 선 군사의 말에 따라 어젯밤의 행적에 대한 증명을 해보게."

공야무가 직접 말했다.

그 말이 가지는 무게는 선문강의 그것과는 비교할 수 없을 정도로 무겁고도 무거웠다.

이 자리에 모인 사람들의 시선이 모두 홍원을 향했다.

홍원은 피식 웃었다.

이들의 행태가 우습고 가소로웠다.

'이것이 사대세력 중 하나인 숭무련이란 말이지. 명문 정파를 자처하는 이들이라고? 달라도 너무 다르군.'

우스웠다.

경천회를 몰랐으면, 정파란 다 이런 놈들이구나 라고 생각했을지도 몰랐다.

"지금 저에게 이치에 맞지 않는 것을 강요하며 핍박을 하고 있다는 것은 알고 계신지요?"

홍원의 웃음과 물음에 사람들의 표정이 험악하게 변했다.

그런 것에 아랑곳 않고 홍원은 당당히 공야무와 시선을 마주했다.

"자네는 그리 느낄 수 있으나, 우리 입장은 다르네. 우리 입장에서는 충분히 합리적인 의심이고, 우리는 그 의심에 대한 해명을 요구하는 것이네."

공야무의 말에 홍원은 가볍게 고개를 저었다.

저들은 자신의 행적을 묻는 이유와 그 전후 사정에 대해 일언반구도 없었다.

그저 전날 밤의 행적을 밝히라고 하고 있었다.

홀로 와서, 홀로 자리한 숙소.

그들이 원하는 방법으로 증명할 길이 없었다.

"만약 해명을 못 하면 어찌 되는 겁니까?"

"그러면 유력한 범인으로 문초를 당해야겠지."

선문강이 스산한 눈빛으로 답했다. 그는 이미 홍원을 어찌 제압해서 문초를 해야 하나 생각하고 있는 듯했다.

그러면서 슬쩍 단리유화를 바라보았다.

'이것이 무림이라는 세상인가?'

홍원은 잠시 생각했다. 그래서 사부는 무림이 싫다 하신 것인가. 그런 생각도 들었다.

"이는 제가 힘이 없기 때문에 당하는 일입니까?"

홍원이 다시 물었다.

"자네는 우리에게 의문을 표하는 것이 아니라 우리의 물음에 답해야 할 걸세. 마지막이라 생각하고 그 물음에 답해준다면, 강호는 결국 힘이 지배하는 세계야."

선문강이 묘한 웃음을 지으며 답했다.

홍원은 그런 선문강을 마주 보며 함께 묘한 웃음을 지었다.

"다행이군요. 제가 힘이 없는 이는 아니라서."

의미심장한 말이다.

하지만 선문강은 미처 그 말의 의미를 헤아리지 못했다.

홍원의 이어진 말 때문이었다.

"어제 제가 숙소에 돌아갔을 때 총 서른여덟의 인원이 제 주변을 감시하고 있었습니다."

그 말에 선문강의 얼굴이 대번에 굳었다.

그 인원은 자신만이 알고 있는 인원이었다. 모두 네 개의 조에 각기 명령을 내려 감시를 했기에, 감시자들도 정작 몇 명이 감시 대상을 지켜보고 있는지 몰랐다.

홍원은 이어서 자신의 말을 이어나갔다.

자신을 감시하는 이들의 위치와 근무 교대 시간, 시각에 따른 감시 인원의 변화가 줄줄이 흘러 나왔다.

홍원이 새로이 습득한 기감의 변형 덕에 모두 느낄 수 있었던 움직임이었다.

"이 정도면 어젯밤 제 행적의 증명이 되겠습니까?"

홍원의 물음에 아무런 답이 없었다.

"자네가 그 모든 기척을 느낄 정도의 고수라면, 능히 그들을 속이고 숙소를 빠져나갈 수 있지 않은가?"

태고령이 침묵을 깨고 물었다.

"가능합니다만… 그랬다면, 제가 감시자들의 동태를 모두 알고 있지는 못하겠지요. 제 말이 의심스러우면 그들의 근무 일지라도 확인해 보시지요. 숭무련 정도라면 외부인을 감시하는 일을 하더라도 기록이 남아 있을 테니까요."

"으음……."

홍원의 말에 태고령은 더 이상 아무 말도 하지 못했다.

그 말이 모두 사실이었으니까.

"대단한 실력을 지닌 고수였군."

공야무가 놀랍다는 듯 말했다.

"이 정도 실력은 되어야지 숭무련에서는 누명을 쓰지 않는 모양입니다."

홍원이 빙그레 웃으며 공야무를 마주 보았다.

"끄응."

홍원의 촌철살인에 공야무는 그저 침음을 삼킬 뿐이다.

"저, 저……."

대신 몇몇 사람이 얼굴을 붉히며 화를 낼 뿐.

홍원은 그들은 깔끔히 무시했다.

그런 홍원의 시선이 닿은 곳은 영호진평이 앉아 있는 자리였다.

홍원의 시선이 의외였던지, 영호진평은 흥미롭다는 얼굴로 그 시선을 마주했다.

홍원은 피식 웃고는 다시 공야무를 바라보았다.

"이제 저는 나가봐도 되는 겁니까?"

"흐음. 그러도록 하게. 자네를 의심한 것은 내 숭무련을 대표해서 사과하도록 하지."

공야무의 말에 홍원은 머리를 꾸벅 숙이고는 회의실을 빠져나왔다.

"좋군. 거대 세력이란 저런 말 한마디로 간단히 사과를 끝내고."

홍원의 낮은 중얼거림에 그를 안내하는 이가 움찔 몸을 떨었다.

아랑곳 않고 홍원은 그를 따라 자신의 숙소로 향했다.

'영호진평이라 했던가? 신도운악의 대제자라…….'

홍원은 자신이 감지한 모든 것을 말한 것이 아니었다.

자신을 감시하던 이는 그 외에도 셋이 더 있었다. 단지 그들의 동선이 다른 이들과 달랐기에 말하지 않았던 것이다.

그들의 동선의 끝에 있었던 기척.

그가 영호진평이었다.

오늘 회의 자리에 불려온 덕에 그가 누구인지 확인한 것이다.

회의실에 숨어들어 그를 보았을 때는 조용히 있었기에 얼굴만 확인했을 뿐, 누구인지 알 수 없었다.

단리유화와의 언쟁에서 그 정체를 알았다.

'선문강도 확실히 확인했고.'

그것은 이미 회의실 천장에 숨어들었을 때 확인한 터다.

간밤의 감시자들을 추적한 끝에 선문강으로 의심되는 기척 세 개를 찾았었다. 그중 누가 선문강인지를 특정 짓지 못하는 상황에서, 오늘 비상 회의에 숨어들며 그를 확인한 것이다.

일단 확인한 이상, 그의 움직임을 느끼는 것은 어려운 일이 아니다.

지난밤, 암영대주를 찾는 과정에서 얻게 된 기감의 응용 능력이 아주 큰 도움이 되고 있었다.

"대체 어느 놈이냐… 나를 노린 놈이?"

교상번은 이를 악 물고는 중얼거렸다. 의원이 처방한 진통 성분의 탕약 덕에 이제 통증의 고통에서는 어느 정도 벗어난 상태다.

그러고 나니 분노가 속에서 치밀었다.

현재 그는 사지가 부목으로 꽁꽁 묶여 있는 상태였다. 그나마 갈비뼈가 멀쩡한 덕에 숨 쉬고 말하는 데 불편함은 없었다.

하지만 용변조차 제 스스로 해결 못 하는 꼴인 바에야.

숭무련에서 흉수를 잡아주겠다며 몇 번을 찾아왔지만 모두 물리쳤다.

그럴 수밖에.

흉수는 사혈궁의 무공을 익히고 있었다. 그것도 아무나 익힐 수 있는 무공이 아니었다.

분명 사혈궁에서 자신을 노리는 놈들이 있다.

교상번은 그렇게 확신하고 있었다.

그때, 송 당주가 헐레벌떡 들어왔다.

"무슨 일이야?"

교상번의 목소리에는 짜증이 가득했다. 이번 일로 송화독에 대한 교상번의 신뢰는 땅에 떨어졌다.

"궁에서 연락이 왔습니다. 소궁주님께서 이곳으로 오신다고……."

"아버님?"

교상번의 얼굴이 와락 일그러졌다. 이런 꼴로 아버지를 만날 생각을 하니 벌써부터 치가 떨린다.

이번에는 또 얼마나 한심한 눈빛으로 자신을 쳐다볼 것인가.

"그리고… 숭무련도 분위기가 심상치 않습니다. 사람을 풀어 소식을 알아보니… 새벽에 죽림이 침입했던 것 같습니다."

"죽림?"

의외의 인물에 교상번이 되물었다.

"네, 숭무련 쪽에서 쉬쉬해서 자세히 알아볼 수는 없었습니다만, 대강 들리는 말에 죽림의 손에 죽은 이가 나왔다고 하는 것 같습니다."

"그래서?"

"어쩌면 저희를 습격한 이도……."

송 당주가 조심스레 자신의 추측을 입에 올리자 교상번은 입술을 비틀며 웃었다.

"절대 그럴 리 없다."

"하지만 그때 그자의 그 놀라운 무위를 생각하면……."

"일개 살수가 정면으로 그런 실력을 보인다고? 그리고 죽림을 우리 사혈궁에서 키운 것이 아니면 절대 그럴 리 없어."

금세 교상번의 얼굴에서 흥미가 사라졌다.

송화독의 입장에서는 타당한 의심이다. 죽림이 숭무련에 나타난 시기가 너무나도 공교롭지 않은가.

하지만 교상번은 다른 이들은 모르는 한 가지를 알고 있었다.

그것이 다른 모든 가능성에 대한 의심을 막고 있었다.

너무나도 확실한 증거였기 때문이다.

환사역혈변안공.

사혈궁에서도 아무나 익힐 수도 없는 무공이다. 그것을 익히려면 그 무공을 전해준 이가 있어야 할 터.

교상번은 가장 유력한 용의자로 사혈궁의 부궁주를 의심하고 있었다.

그랬기에 지금 흉수에 대해서 입을 꾹 다물고 있는 것이다. 자신의 수하들에게도 말하지 않았다.

부궁주에게 생각이 미치자, 자신의 수하들도 믿을 수 없게 되어버린 것이다.

특히나 정막호 그놈이 가장 의심스러웠다.

이런 상황이 되고 보니 그놈은 결국 이모할머니의 혈육이다. 자신과 직계는 아닌 것이다.

그놈이 부궁주의 꾐에 넘어가지 말라는 법도 없었다.

의심은 꼬리에 꼬리를 물었다.

꼭 일부러 정막호 그놈이 그 빌어먹을 흥수 놈과 짜고, 시비를 일으켜 자신의 앞에서 소란을 부린 것은 아닌가 하는 생각까지 들었다.

교상번의 결론은 지금 자신의 주변에는 믿을 놈이 없다는 것이었다.

그나마 송화독은 조금 믿음이 갔지만, 혹시 몰랐다.

팔이 부러져 직접 전서를 쓸 수도 없는 상황이라, 그저 입을 꾹 다물고 있는 중이다.

제발 궁에서 믿을 만한 사람을 보내주기를 바라면서 말이다.

궁에서는 세상에서 가장 믿을 만한 사람을 보내주었다.

동시에, 그가 세상에서 가장 마주치기 싫은 사람이라는 것이 문제였지만.

아버지.

교상번에게는 애증의 존재다.

자신의 숙소로 돌아온 홍원은 조용히 명상에 잠겼다.

오늘 경험은 또 다른 자극을 주었다.

그것을 정리하기 위한 명상이었다.

물론 명상 중에 주변 감시자들의 기운을 살피는 것을 잊지 않았다. 동시에 회의장에 있는 인물들의 기운도 살피고 있었다.

특히 선문강에게 집중하고 있었다.

그를 처리해야 했으니까.

그러면 숭무련에 얽힌 골치 아픈 일은 대강 정리가 될 것 같았다. 단리유화에 대한 위험도 자연스럽게 해결이 된다.

그럴 의도로 숭무련으로 온 것은 아니었으나, 일이 얽히고설켜 그런 식으로 진행이 되어버리고 있었다.

다만 이번에는 암영대주의 경우처럼 아주 쉽지는 않을 듯했다.

시비가 종종 자신의 방 주변을 왔다 갔다 했다.

혹 불편한 것은 없는지, 챙길 것은 없는지 알아보기 위해서라 하나, 그것이 모두 핑계인 것은 잘 알고 있었다.

대놓고 감시를 하겠다는 것이다.

이러면 장시간 자리를 비울 수 없었다.

비상 회의가 소집된 상황에서 언제 이런 명령을 따로 내린 것인지, 선문강의 수완은 만만히 볼 게 아니었다.

이런 식으로 감시를 한다면 자신은 조력자를 찾아야 했다. 자신의 행적을 증명해 줄 사람.

뻔했다.

단리유화.

그녀의 손을 빌어야 했다. 이미 자신에 대한 것 대부분을 알고 있는 그녀다.

그래서 홍원은 지금 조용히 명상에 집중했다.

회의가 아직 진행되고 있었기에, 단리유화가 돌아오지 않은 까닭이다.

회의는 별다른 소득이 없었다.

그들 모두 어쩌지 못하는 적에 대해, 아무리 머리를 맞대고 이야기한들 뾰족한 수가 나올 리 없었다.

그럼에도 그들은 한자리에 모여 시간만 보낼 뿐이다.

그들이 할 수 있는 것은 결국 뻔한 것밖에 없었다.

세 시진이라는 장시간을 소모한 회의는 련의 경계를 더욱 강화한다는 의미 없는 결론을 내린 채 마무리되었다.

단리유화는 회의가 끝난 후에도 이곳저곳에 불려 다닌 것인지, 그녀가 거처로 돌아왔을 때는 이미 저녁에 가까운 오후였다.

태양의 마지막 빛줄기로 천지가 붉게 물들 때쯤이야, 단리유화는 피곤한 하루 일과를 마무리할 수 있었다.

홍원이 단리유화를 찾았다.

단리유화는 물어볼 것이 무척이나 많은 얼굴로 홍원을 맞았다.

그럴 수밖에 없었다.

일련의 사태에 대해서는 전혀 들은 바도 없었고, 예상치도 못했으니까.

홍원은 단리유화와 마주 앉아, 내공으로 소리를 차단했다.

"대체 무슨 일을 하고 다니시는 거죠?"

"들은 대로요. 죽림이 다시 온 거죠."

홍원은 빙그레 웃으며 답했다.

"대체 왜 굳이 그런 식으로 일을 처리했나요?"

"소저도 이미 예상하고 있지 않습니까? 죽림이 굳이 다시 숭무련에 다시 온 이유를요." ·

홍원이 담담하게 되물었다.

"읍성으로 선문강의 시선이 닿는 것을 막기 위해서겠죠."

단리유화가 나직한 한숨과 함께 말했다.

"그렇습니다."

"일단 숭무련의 시선은 죽림에게로 고정되었지요. 교상번이 아무 말도 안 하는 통에 더욱 그래요. 선문강은 아직 장 공자를 의심하고 있는 것 같지만요."

단리유화의 말에 홍원은 고개를 끄덕였다.

"선문강 정도 되는 자라면 그럴 수 있지요. 그렇잖아도, 시비들이 제 방 앞을 여러 번 다녀갔습니다. 감시하고 있는 걸 들킨 마당이니, 아예 대놓고 감시하겠다는 거죠. 그는 여전히 저를 의심하고 있습니다."

"저에게도 장 공자에 관해 이것저것 많이 물었어요. 주변을 의식해서 민감한 부분은 묻지 못했지만요."

"결국 그는 소저의 지난 경로를 역추적할 겁니다. 저라는 존재의 정체를 밝히기 위해서요. 그러면 결국 읍성에 도달하겠지요. 암영대주의 죽음은 그 시간을 조금 늦춘 정도에 지나지 않아요."

홍원의 말에 단리유화는 걱정 어린 기색으로 그를 바라보았다.

"그러면 어떻게 할 건가요?"

"오늘 그를 처리해야죠. 그만 처리하면 읍성은 숭무련의 시선에서 벗어날 겁니다. 선문강은 소저가 죽림에게 의뢰를 한 적이 있다는 사실을 알고 있기에, 더욱 저와 소저를 의심하고 있을 테니까요. 숭무련에서 그 사실을 아는 이는 오직 선문강, 그 하나입니다."

"아무리 장 공자라고 쉽지 않을 텐데요."

그녀의 얼굴에 어린 걱정은 더욱 깊어졌다.

그 모습에 홍원은 빙그레 웃었다.

"제 생각은 다릅니다."

홍원의 자신만만한 모습에 단리유화는 조금 안도했다.

"언제 실행하실 건가요?"

"그게 고민입니다. 일단 저에 대한 감시가 더욱 심해진 상황입니다. 먼 거리에서 저를 지켜보는 거라면 문제가 없습니다만… 시비가 방 앞까지 왔다가는 상황이라… 선문강이 죽었을 때 저의 행적을 증명할 방법을 만들어두어야지요."

단리유화는 똑똑한 여인이었다.

홍원이 저 말을 하는 의도를 충분히 짐작할 수 있었다.

"제가 도와드려야 할 일이네요."

홍원은 작게 고개를 끄덕였다.

단리유화는 생각에 잠겼다.

홍원이 자신과 함께 있었다고 자신이 그의 행적을 증명하는, 동시에 누구도 자신의 방 근처에 접근하면 안 된다.

혹여라도 방 안의 기척을 느낄 수 있을 정도의 고수라면, 단리유화 그녀 홀로 있었다는 사실을 알 수 있었기 때문이다.

문제는 그것만이 아니었다.

젊은 남녀가, 사람들의 시선이 미치지 못하는 방 안에 단둘이 장시간 동안 함께 있는다?

온갖 구설수에 휘말릴 일이다.

그녀는 숭무련의 삼 공녀.

공야무가 련주의 자리에 공식적으로 취임을 하면 사라질 직책이었지만, 그래도 그녀가 숭무련에서 차지하는 비중을 생각하면 결코 간단한 일은 아니었다.

홍원도 그 사실을 잘 알았기에 잠자코 있었다.

그녀의 도움을 받아 자신의 행적을 증명해야 한다는 결론을 내린 후, 어떻게 라는 부분에서는 벽에 막혔으니까.

"시간은 얼마나 걸릴 것 같나요?"

단리유화가 조용히 물었다.

홍원은 현재 선문강의 위치를 확인했다. 그의 기운은 지속적으로 선문강을 살피고 있었다.

선문강도 무언가를 느낀 것인가. 주변을 지키는 이들의 숫자가 무척이나 늘어 있었다.

어젯밤과는 비교할 수도 없었다.

홍원은 머릿속으로 자신의 동선을 그려보았다.

저들의 수준은 모두 알 수 있었기에 어렵지 않았다.

"넉넉히 한 시진쯤 걸리겠군요."

단리유화는 생각에 잠겼다.

어찌해야 할 것인가.

선문강의 죽음은 그녀에게도 도움이 된다. 어쨌든 천애고아인 자신이 있을 곳은 숭무련이다.

선문강을 피해 숭무련을 떠난다면, 그녀는 갈 곳이 마땅치 않았다. 위험을 무릅쓰고 향산 북면에 들어가 영약을 찾은 것도 선문강에게 맞설 힘을 얻기 위해서 아니던가.

그녀는 결정을 내렸다.

그녀의 두 눈에서 망설임이 사라졌다. 대신 묘한 기색이 어려 있었다.

"죽림에게, 저 단리유화가 선문강의 죽음을 의뢰하지요. 의뢰의 대가는 장 공자의 행적에 대한 증명이에요."

그녀의 당찬 말에 홍원은 피식 웃었다.

"죽림의 의뢰 조건에는 조금 어긋나는 부분이 있을지도 모르나, 그 의뢰 받아들이지요."

두 사람은 마주 보며 웃었다.

죽림의 의뢰 조건.

대상자가 천하의 악인이어야 한다는 것이었다.

선문강은 단리유화 남매를 자신의 목적을 위해 이용했다. 충분히 악인이라 할 수 있었다.

하지만 천하의 악인인가라는 부분에서는 조금 애매했다.

그러나 그것은 중요한 것이 아니었다.

의뢰라는 말은 어차피 핑계였다.

홍원의 부담을 조금 덜어주려는 단리유화의 배려였다. 이것은 주고받는 거래일 뿐이라고 홍원에게 알리는 것이다.

"그래? 그가 삼 공녀의 거처를 찾은 후에 소리를 들을 수 없었단 말이지?"

"네."

선문강은 수하의 보고에 고개를 끄덕였다.

"내공으로 소리를 차단했군."

그들 정도의 실력자라면 어려운 일도 아닐 것이다.

"무릇 숨겨야 할 것이 있는 이들이 흔히 취하는 방법이지. 그들이 숨겨서 이야기를 나눠야 할 것이 무엇일까?"

선문강이 나직이 중얼거렸다.

수하는 그저 묵묵히 한쪽에 서 있었다.

선문강의 저 물음이 자신을 향한 것이 아니라, 혼잣말이라는 것을 잘 알고 있었다.

선문강이 손을 내젓자 그는 조용히 사라졌다.

"역시, 그가 죽림일 수 있어. 그가 어떻게 어젯밤부터 자신을 감시하는 자들의 동선을 모두 파악했는지는 알 수 없지만… 그것만 알아내면 둘을 동시에 처리할 수 있을 텐데……."

선문강이 머리가 아픈 듯 얼굴을 찡그렸다.

암영대주의 죽음은 뼈아팠다. 그리고 유력한 흉수를 눈앞에 두고 있지만 명분이 없었다.

홍원이 증명한 그의 행적을 파훼하지 못했기에, 명분이 없었다.

"죽림의 소행으로 꾸며 그를 처리할까?"

잠깐 떠올린 생각이지만 이내 고개를 저었다.

정말로 그가 죽림이라면 실패할 것이 뻔한 방법이다.

"가만?"

불현듯, 선문강이 움직임을 멈췄다.

의심이 아닌 가정을 하고 거꾸로 생각을 해보았다.

장홍원, 그가 죽림이다. 그렇다면 이제 그는 어찌할 것인가.

결론은 어렵지 않았다.

"이런… 내가 위험하군."

자신이 죽림이라면 반드시 자신을 죽일 것이다.

오늘 회의 장소에서 보인 모습이 그럴 수밖에 없었다. 더군다나 그가 떠난 후에 단리유화를 압박하지 않았던가.

"그들을 불러들인 것은 잘한 결정이었어."

선문강은 나직이 고개를 끄덕였다.

장홍원이라는 자가 련을 떠날 때까지, 선문강 자신이 무사하다면 그는 죽림이 아니다.

반대로 자신에게 변고가 생긴다면 그가 죽림이다.

그렇게 결론을 내렸다.

"허허. 그러면 오히려 그가 죽림이 아니기를 바라야 하는 건가? 내가 그를 감당할 수 있을까?"

선문강의 두 눈이 깊게 가라앉았다.

아무래도 오늘 회의 중 그들을 불러들인 것은 잘한 결정 같았다.

최후의 한 수를 위해 숨겨준 비장의 무기였다.

어지간해서는 드러내지 않으려 한 이들이었다. 만약의 만약을 대비한 이들이었기에.

"대업의 첫발도 완성하지 못했는데, 여기서 사라질 수는 없지. 그가 설혹 죽림이라 하더라도 난 반드시 살아남는다."

선문강은 담담히 중얼거렸다.

그러고는 평소 입고 다니는 학창의를 무복으로 갈아입었다.

그의 기세가 일변했다.

고고한 학자는 사라지고, 단단한 무사가 자리하고 있었다.

서탁에 앉은 서문강은 지필묵을 준비했다.

그리고 천천히 글을 써 내려갔다. 담담한 심정으로 한 자, 한 자 써 내려가는 그의 모습은 평온하기 그지없었다.

"일영(一影)."

선문강의 나직한 부름에 그의 앞에 야행복을 입은 복면인이 모습을 드러냈다.

"즉시 이걸 가지고 형님을 찾아가도록. 그리고 나에 대한 소식이 들리면 형님께 전해 드리도록. 아무 일 없이 내가 다시 부르면 소각토록 하고."

선문강은 전서를 봉인한 봉투를 일영에게 건넸다.

봉서를 받아 든 일영은 즉시 사라졌다.

그리고 또 다른 글을 적은 후 그것은 서탁의 서랍 속에 넣어 두었다.

"후후, 과연 나의 생각이 맞을 것인가?"

선문강은 조용히 두 눈을 감고 검을 쥐고 있었다.

그 시각.

홍원과 단리유화는 묘한 눈길을 받으며 함께 폐관 수련실로 들어갔다.

홍원에게 무공에 대한 지도를 받겠다는 명분이었다.

그러나 저녁에 다다른 시간에, 남녀 단둘이 폐관 수련실에 들어간다는 그 사실이 주변인들의 묘한 눈빛과 관심을 끌 수밖에 없었다.

이곳은 련주 제자들을 위한 폐관 수련실이었다.

그런 만큼 감시의 눈길도 따라오지 못했다. 그저 주변을 둘러싸고 있을 뿐이다.

홍원이 몰래 다녀오기에 더없이 좋은 조건을 가진 곳이다.

수련실 안에 도착하자 단리유화는 새로이 장만한 권갑을 끼고는 자신의 수련을 시작했다.

그러잖아도 그녀는 정리해야 할 것이 많은 참이지 않았던가.

홍원은 그녀에게 살짝 고개를 숙이고는 폐관 수련실을 조용히 벗어났다.

그리고 빠르게 몸을 날렸다.

홍원이 향하는 곳은 선문강이 있는 곳이 아니었다.

조금 전, 선문강의 곁을 떠난 기척을 쫓았다. 그가 향하는 방향이 숭무련 바깥이었기에, 그에게 무언가가 있을 것이라 직감한 것이다.

일영은 자신에게 추적자가 붙은 것도 모르고 최대한 빠른 속도로 달렸다.

선문강이 의도적으로 만들어둔 경계의 허점을 이용해 빠르게 숭무련의 바깥으로 나갈 수 있었다.

일영은 숭무련의 담장 밖으로 완전히 빠져나온 후에야 한숨을 돌렸다.

아무리 그의 실력이 뛰어나고, 선문강이 알려준 경계의 허점을 이용한다고 해도 숭무련의 경계망을 뚫고 월담을 한다는 것은 심력이 엄청나게 소모되는 일이다.

숭무련 밖으로 나오고 나서야 집중력이 조금 흩어지면서 주변을 살필 여유가 생겼다.

"……."

무심히 숭무련을 한번 쳐다본 일영은 다시 빠르게 달렸다. 어쩌면 마지막이 될지도 모르는 명령을 신속히 수행해야 했다.

하지만 얼마 달리지 못해 일영은 걸음을 멈출 수밖에 없었다.

자신의 길을 가로막고 있는 사람 때문이다.

'어떻게?'

숭무련에서 자신의 존재를 아는 이는 오직 선문강이다.

자신은 숭무련의 사람이 아니라 선문강의 사람이기에.

그런데 누군가가 이렇게 길 한가운데서 자신을 기다리고 있다니, 알 수 없는 일이다.

그를 기다리고 있던 이는 홍원이었다.

일영이 빠르지만 조심스레 숭무련의 경계의 틈을 비집고 나오는 동안, 훨씬 빠르게 움직여 그를 앞지른 것이다.

홍원은 굳이 말을 꺼내지 않았다.

단리유화에게 말한 한 시진의 시간을 지키기 위해서라도 빠르게 움직여야 했다.

예상 시간을 셈할 때 지금 눈앞에서 당황한 빛이 역력한 채서 있는 이는 계산에 없었다.

폐관 수련실로 이동하면서 발견된 움직임이었다.

그래서 더욱 마음이 바빴다.

홍원의 손이 흑운을 뽑았다.

"크윽."

일영은 재빨리 상대의 공격을 피하려 했다. 하지만 홍원의 검이 더욱 빨랐다.

그는 어이없는 눈으로 자신의 배를 꿰뚫은 검을 내려다보았다.

"어떻게……."

일영이 마지막으로 남긴 말이다.

홍원은 숨을 거둔 일영의 품을 뒤졌다.

"이 시간에 이렇게 급하게 나가는 이라면 전령일 확률이 높은데… 과연 구두로 전했을지, 전서가 있을지……."

홍원은 금세 일영의 품에서 봉인이 된 전서를 발견했다.

"다행히 전서로군."

구두로 전한 것이었다면 죽인 순간 선문강의 전언은 사라지는 것이다. 그 내용이 궁금할 수도 있지만 지금은 속전속결이 더 중요한 때니, 전언이 사라져도 어쩔 수 없었다.

하지만 혹시나 하고 뒤진 품에서 전서가 나왔으니 홍원의 입장에서는 더욱 좋은 일이다.

홍원은 그 자리에서 전서를 확인했다.

"허……."

전서의 내용은 놀라웠다. 홍원으로서는 알지도 못했던 이야기가 적혀 있었다.

지금의 홍원도, 꿈속의 홍원도 몰랐던 세력.

"이런 이들이 암중에서 움직이고 있었다?"

홍원은 선문강이 공야무의 뒤를 이어 숭무련의 련주가 되는 것을 꿈속에서 들었다.

그때 공야무가 의문의 죽음을 당했다고 들었던 것도 같다.

어디까지나 꿈속에서의 일이다.

"어쩌면 이들이 꾸민 일이겠군."

홍원은 삼매진화로 전서를 태워 날리고는 다시 숭무련으로 향했다.

이제는 선문강을 만나야 할 시간이다.

물론 그전에 미리 처리해야 할 일이 있지만 말이다.

홍원은 빠르게 움직였다.

요소요소에 경계를 서는 무사들이 촘촘히 있었지만 홍원은 어렵지 않게 모두 피했다.

선문강이 있는 군사부로 가는 길은 평온했다.

하지만 문제는 군사부의 누각 근처에서 발생했다.

홍원은 걸음을 멈추고 복잡한 얼굴로 눈앞을 바라보고 있었다.

홍원의 기감은 이 안에 선문강과 그의 수하들이 있다고 말하고 있었다.

하지만 홍원의 눈에는 군사부의 누각이 보이지 않았다.

진법이 펼쳐져 있는 것이다.

'곤란하군. 진법은 문외한인데.'

죽림으로 활동할 당시 진법의 파훼는 은살림에서 따로 지원해 준 진법 전문가의 일이었다.

기관이라면 어느 정도 조예가 있지만, 진법은 달랐다.

설마 이런 일로 발목을 잡힐 줄이야.

진법이 있다면, 기관도 높은 확률로 존재할 것이다.

진법 속에 기관이 숨어 있다면 홍원으로서도 상당히 난처한 상황이었다.

홍원은 몸을 숨긴 채 가만히 진법을 들여다보았다.

아무리 보아도 그저 숲이 펼쳐져 있을 뿐이다. 그 이상은 아무것도 보이지 않았다.

홍원은 두 눈을 감았다.

눈으로 보아도 보이지 않는다면, 감은 것과 다르지 않다 여겼기 때문이다.

기감을 최대한 정밀하게 모아 주변으로 확장했다.

그 덕에 군사부의 누각에 펼쳤던 기감을 잠시 거둬들였다.

모든 기감을 진법에 집중했다.

진법 속에 있는 사람들의 기척은 느낄 수 있었으나, 진법 자체를 느끼지는 못했다.

그러는 사이 시간은 흐르고 있었다.

"후우."

홍원은 아주 낮음 한숨을 내쉬었다. 그리고 다시금 진법의 탐색에 기감을 집중했다.

이마에 땀이 송글송글 맺혔다. 방울진 땀이 천천히 흘러 눈썹을 따라 흘렀다. 눈가를 스치고 지나가는 땀방울에 홍원이 손으로 땀을 닦아냈다.

그러면서 잠시 떠졌다 감긴 눈.

홍원은 흠칫했다.

방금 무언가 보인 것 같았기 때문이다.

여기서 볼 거라 생각지 못했던 것이 보였다. 홍원은 설마 하는 심정으로 눈을 떴다.

그러나 좀 전에 보였던 것은 없었다.

혹시나 하는 심정으로 기감을 집중하면서 두 눈에 내공을 불어넣었다.

보였다.

좀 전에 스치듯 보였던 것이 다시 보였다.

아지랑이 같이 피어오르는 기운. 그 사이로 흐릿하게 보이는 길.

마치 산의 길과 같은 것이 진법에서 보였다.

이런 일이 있을 것이라고는 상상도 못 했다.

"허."

홍원은 자신도 모르게 헛웃음을 흘렸다. 자신이 보고도 스스로 믿을 수 없는 일이었다.

'산의 길은 향산에만 존재하는 것일 텐데… 어째서 허상인 진법에서?'

의문을 가진 채 홍원은 가만히 진법을 바라보았다.

일단 한번 제대로 인식을 하자, 기감을 거두고 내공을 거둬도 여전히 잘 보였다.

홍원은 다시금 기감을 퍼뜨려 선문강의 위치를 확인했다.

그의 위치는 바뀌지 않았다. 그의 주변을 지키는 인원들 역시 여전했다. 홍원은 그가 자신을 기다리고 있음을 직감했다.

여실히 그 분위기가 느껴졌다.

진법을 살펴보니 여러 가지 기운이 얽혀 있었다. 산의 길과 같았다.

진법을 이루는 기운은 달랐으나, 그 구성 원리는 산의 길과 비슷한 면이 있었다.

'그래서 그런 것인가?'

산의 길 역시 향산 특유의 기운이 얽혀 만들어낸 신비한 길이 아니던가.

인간이 인위적으로 만들어낸 진법과는 비교할 수 없는 곳이다. 그런 산의 길을 볼 수 있는 홍원이었기에, 진법의 기운을 읽을 수 있는 것인지도 몰랐다.

인식하지 못하였을 때는 도통 알 수 없었으나, 한번 인식하고 나니 너무나 간단명료하게 보였다.

또 다른 번득임이 홍원의 머리를 스치고 지나갔다.

삼매경에 들 수 있을 만큼의 계기였다. 아쉬움을 가진 채로 홍원은 그 번득임을 그냥 흘려보냈다.

지금은 한가하게 명상에 들 때가 아니었으니까.

이 실마리는 머리 한쪽에 고이 모셔 두었다.

'기운을 인식하면, 그 얽힘이 눈에 보인다. 그렇다면 다른 진법도 이렇게 뚫을 수 있겠군.'

진법 사이의 생로(生路)가 너무나 명확하게 눈에 보였다. 진법의 틈 사이에 숨은 이들의 모습도 잘 보였다.

군데군데 기관으로 보이는 곳들도 있었다.

홍원은 그 모든 곳을 피해서 너무나 쉽게 군사부의 누각으로 흘러들었다.

곧장 선문강을 향해 다가가지 않았다.

주변의 수족부터 끊어 갈 생각이다. 홍원은 누각 일 층부터 차근차근 인원을 줄여 나갔다.

은밀하고 조용하게, 그러나 신속하게 적들을 쓰러뜨렸다.

그들은 동료가 줄어들고 있음도 눈치채지 못했다.

숨어서 경계를 하던 그 자세 그대로, 그 자신도 인식하지 못한 채로 생을 마감했다.

홍원은 차근차근 층을 올랐다.

중간중간 기관으로 의심되는 곳이 있었기에 그곳은 모두 피했다.

누각의 최상층은 팔 층이다.

그리고 선문강은 의외로 오 층에 있었다. 군사부의 우두머리였기에 당연히 최상층에 있을 것이라 생각하게 마련이다.

선문강은 그 인식의 틈을 찔러 자신의 집무실을 오 층으로 옮겼다. 선문강 이전의 군사는 팔 층의 집무실을 사용했었다.

선문강의 기척을 읽고 움직이는 홍원이었기에 그 걸음에 거침이 없었다.

오 층에 오른 후 즉시 오 층의 인원을 정리해 나갔다.

선문강의 눈썹이 꿈틀거렸다.

"왔군."

선문강은 검을 뽑고 자리에서 일어났다.

수하들의 기척이 하나둘 지워지고 있었다. 선문강은 그것을 느낄 수 있었다. 그의 실력으로는 오 층에서의 변고를 느끼는 것이 한계였다.

하지만 오 층에서 일어나는 일로, 다른 층의 일을 추측하는 것은 그에게는 너무나 쉬운 일이었다.

"과연 죽림이라 해야 하나… 일영을 믿어야 하겠구나."

선문강은 담담히 중얼거렸다.

[저희가 막겠습니다, 황자님.]

선문강의 귀에 들린 전음이다. 선문강이 무어라 입을 열기도 전에 일곱의 기척이 움직였다.

홍원은 자신을 향해 다가오는 기척을 느꼈다. 선문강 주변을 철통 같이 지키던 이들의 그것이다.

자신의 움직임을 눈치채고 오는 것이리라.

"제법이군."

홍원은 낮게 중얼거렸다.

선문강은 자신이 오는 것을 예측하고 기다리기라도 한 듯, 군사부는 텅텅 비워 놓고 있었다. 오직 자신을 잡기 위한 무사들만이 숨어 있을 뿐, 잡무를 보는 이들이나, 시비, 그리고 군사부의 인력이 없었다.

늦은 시간도 아니었다.

아직은 미처 일을 끝내지 못한 이들이 남아 잔업을 할 시간인 것이다.

홍원은 고개를 갸웃거렸다.

자신이 올 것을 예상했다면서 고작 이 정도로 막으려 했단 말인가?

그때 일곱이 홍원을 향해 달려들었다.

홍원은 수월히 그들의 공격을 피했다. 피했다 싶은 순간 홍원의 앞뒤에서 검이 날아들었다.

가슴을 향해 날아드는 검은 몸을 살짝 비틀어 피했고 등 뒤를 찌르는 검은 흑운을 움직여 쳐냈다.

챙!

검과 검이 부딪히는 소리가 울리는 순간, 다시금 세 자루의 검이 날아들었다. 홍원은 부드럽게 검 사이로 움직여 자신의 검을 휘둘렀다.

간단한 일 수에 두 사람이 쓰러졌다.

남은 다섯의 눈빛에 변화는 없었다. 그들은 묵묵히 다섯 방위를 점한 채 홍원을 압박했다.

홍원의 얼굴은 평온했다.

복면에 가려졌기에 저들은 알 수 없을 표정이다.

다섯이 합격진을 형성해 홍원에게 달려들었다. 일정한 규칙을 가진 공격이다.

홍원이 검을 들어 반격을 시도했으나, 정교하게 맞물려 움직이는 그들의 검진은 그런 홍원의 첫 공격을 막아냈다.

'제법이군.'

검진을 상대하는 것은 처음이었다. 나름 현묘한 움직임을 보이고 있었기에 흥미가 돋았다.

좀 어울려 주며 검진을 겪어보고 싶었다.

군사부에 진입하면서 겪은 진법 덕에 진법이라는 것에 흥미도 생긴 참이었다.

하지만 시간이 없었다.

지금 홍원은 한가하게 흥미를 채우며 싸우려 이곳에 잠입한 것이 아니다.

홍원의 검이 사납게 움직였다.

검진의 현묘한 움직임이 그들 다섯의 내공을 한데 합쳐 강맹하게 홍원에게 짓쳐 들었으나, 홍원은 더 강한 힘으로 검진을 산산이 부쉈다.

그들 다섯이 생명을 잃는 것은 순식간이었다.

쾅!!

홍원이 군사부에 들어오고 처음으로 큰 소리가 울렸다.

힘과 힘의 격돌이 일어난 탓이다.

그럼에도 홍원은 아랑곳지 않았다.

위층의 인원들이 아래로 내려올 수 있으나 이미 파악이 모두 끝난 상태다.

홍원은 곧장 선문강을 향해 갔다.

문을 열고 들어서니 검을 곧추세운 선문강이 담담한 얼굴로 홍원을 바라보고 있었다.

"죽림."

선문강이 담담히 홍원을 불렀다.

홍원은 지그시 선문강을 바라보았다.

"대단하군. 내 예상을 훌쩍 뛰어넘는 수준이야. 적어도 신도련주 정도는 쉬이 제압할 수 있게끔 판을 깔았는데."

선문강의 말에 홍원은 그제야 의문을 풀 수 있었다.

선문강이 대비를 소홀히 한 것이 아니었다.

홍원 자신이 강해진 것이다.

신도운악의 목숨을 거두던 그날.

그날 이후 자신에게는 너무나 많은 일이 있었고, 상상도 할 수 없을 만큼 강해졌다.

단지 선문강이 미처 그 사실을 예상하지 못한 것이다.

"날 너무 과소평가했군."

홍원이 담담히 말했다.

"이제 그 얼굴을 보여주는 게 어떤가? 난 자네의 얼굴이 너무나 궁금하다네. 군사로서 내가 자네의 정체를 제대로 추측한 것인지도 의문이고 말이야."

선문강의 말에 홍원은 선선히 복면을 벗었다.

단리유화가 묵검신협이라 이름 지어준 그 얼굴이 드러났다.

"과연 내 생각이 맞았군."

홍원의 얼굴을 확인한 선문강이 빙그레 웃었다.

"오늘 나는 죽겠군."

죽음을 눈앞에 둔 자의 얼굴이 아니었다. 자신은 모든 것을 예상했고, 그것이 모두 맞았으며 대비는 이미 마쳤다며, 홀가분해하고 만족해하는 얼굴이다.

홍원은 그 얼굴이 마음에 들지 않았다. 왜 그런지는 모르겠으나, 저 표정을 무참히 망가뜨리고 싶었다.

그래서 입을 열었다.

"선우 황실이라……."

선문강의 얼굴이 웃음 띤 상태에서 딱딱하게 굳었다.

"설마 아직도 그 명맥이 이어져 올 줄은 몰랐군. 무려 천 년 전에 북궁씨의 황실에 멸망당한 곳이……."

홍원이 피식 웃으며 말했다.

선문강의 얼굴이 붉게 물들었다. 명백한 분노였다.

"그 간악한 놈들의 음모에 휘말려 우리가 잠시 물러났을 뿐, 힘에서 밀린 것이 아니다."

선우문강은 이를 악물었다.

"과연 그렇게 생각하는가 보군, 선우문강 황자."

"네놈이 그런 사실들을 어찌 아는 것이냐?"

선문강이 홍원을 사납게 노려보며 물었다. 그러나 홍원은 그저 빙긋 웃으며 흑운을 뽑아 들었다.

"설마?"

그때 선문강의 머리를 스치는 사실이 있었다. 자신이 일영의 편에 보낸 서신의 내용.

그것을 깨닫자 그는 허탈한 얼굴을 했다.

"그렇군. 일영이 잡힌 거로군."

"과연 숭무련의 군사야."

홍원이 한 발 앞으로 다가갔다.

"과연 내가 네놈 손에 그리 호락호락 당할 줄 아느냐?"

선문강이 검을 뽑아 들었다.

그의 몸에서 무시무시한 기운이 뿜어져 나왔다. 군사란 그가 숭무련의 핵심에 다가가는 과정에서 얻게 된 직책일 뿐이다.

선문강의 무공 또한 매우 뛰어났다.

그 사실을 철저히 숨기고 있었기에 숭무련에서 아는 이가 없을 뿐이다.

홍원은 선문강의 기세를 정면으로 맞았다.

예상치 못한 놀라운 기세이긴 했다. 그러나 홍원이 부담스러워할 정도는 아니었다.

"타핫!"

선문강이 홍원을 향해 검을 뻗으며 몸을 날렸다. 넘실거리는 패도적인 기운이 세상을 쪼갤 듯 홍원을 향해 떨어졌다.

홍원의 검이 선문강의 검에 마주 부딪쳤다.

쾅!

검과 검의 부딪힘이나, 그 속에 담긴 기운의 충돌로 요란한 폭음이 터졌다.

"제법이로군."

홍원은 시종일관 담담했다.

"과연. 그냥 살수는 아니다라는 거군. 하긴 그러니 신도운악을 그리 손쉽게 죽였겠지."

붉은 기운이 넘실넘실 피어오르는 검강이 다시 한 번 홍원을 향해 날아갔다.

홍원 역시 검강을 일으켜 마주 부딪쳤다.

일 검, 일 검에 담긴 위력이 엄청났다.

"북명패황검(北溟霸皇劍). 과연 전설대로군."

잠시 물러선 홍원이 감탄한 얼굴로 말했다.

"네놈."

선문강이 이를 악물었다.

북명패황검은 이제 세상에 이름만 남은 선우 황실의 진산절학이었다.

북궁 황실이 들어서면서 세상에 그 이름만 남은 실전된 무학이다.

그 무공을 전력으로 펼쳤음에도 조금의 우위도 점하지 못했다. 아니, 상대의 여유로운 얼굴을 보았을 때, 오늘 자신은 반드시 죽는다.

더군다나 상대가 펼치는 무공을 확인한 바에야.

"북궁씨 놈들이랑 무슨 관계냐?"

선문강은 추궁하듯 물었다.

"알 수 없는 말이로군."

홍원은 선문강을 향해 검을 날렸다. 선문강은 전력을 다해 홍원의 공격을 막으며 외쳤다.

"어떻게 네놈이 천선의 무공을 사용하느냐! 설마 은살림이 천선문의 비밀 세력이었느냐!"

선문강의 외침에 홍원의 검이 살짝 떨렸다.

천선을 응용하여 검을 펼치고 있었지만, 이렇게 단번에 자신의 무공을 알아볼 것이라고는 생각지 못했다.

하지만 홍원은 굳이 대답하지 않았다.

묵묵히 다시 검을 움직일 뿐이다.

선문강은 거기에 맞서 미친 사람처럼 발악하듯 외치며 검을 마구 휘둘렀다.

"북명패황의 기운에 버틸 수 있는 것은 오직 천선의 기운뿐이다. 그걸 어찌 네놈이!! 아니, 어찌 다시 천선의 기운이 나타난단 말인가… 진정한 천선의 기운은 실전된 것이 분명하……."

그의 외침은 더 이상 이어지지 않았다.

홍원의 검이 그의 목을 꿰뚫었기 때문이다.

"아… 아……."

선문강은 두 눈을 끔벅거렸다.

'아… 천선의 재래를 알려야 하거늘……'

선문강의 생각은 거기까지였다. 그는 그대로 절명했다.

"이런 암중의 세력이 있을 거라고는 생각도 못 했어."

홍원은 작게 중얼거리고 다시 복면을 썼다. 그리고 한쪽 벽에 검을 휘둘렀다.

죽림(竹林).

커다랗게 두 글자를 남기고 홍원은 바로 군사부의 누각을 빠져나왔다. 진법은 외부의 침입자에게만 작용하는지, 밖으로 빠져나가는 데는 아무런 장애가 되지 않았다.

제대로 진법이 작용한다 하더라도 이미 홍원의 눈은 그 길을 볼 수 있어서 문제는 없었다.

다시 단리유화가 있는 폐관 수련실로 향했다. 하늘을 보고 시간을 가늠하니 한 시진이 조금 지난 것 같았다.

전서를 가지고 숭무련을 벗어난 이를 쫓은 것과, 진법에서 막혔던 것에서 시간의 소비가 컸다.

홍원은 서둘렀다.

그리고 조용히 수련실 안으로 스며들었다.

단리유화는 여전히 정신없이 주먹을 휘두르고 있었다. 그녀의 얼굴과 무복은 땀으로 흠뻑 젖어 있었다.

그녀는 삼매경에 빠져 있었다.

그간의 계기들을 정리하는 기회를 가지자 솜이 물을 빨아들이듯 무서운 속도로 성장하고 있었다.

홍원은 가만히 그 모습을 지켜보았다.

지난번과는 달랐다.

이번에는 충분히 여유롭게 그 모습을 지켜봐 줄 수 있었다.

반 시진쯤 더 흘렀을까?

단리유화는 여전히 자신만의 세계 속에 있었다.

그때 밖에서 다급한 소리가 들렸다.

"삼 공녀! 삼 공녀!!"

그러나 단리유화는 아무런 소리도 듣지 못했다는 듯 묵천붕 뢰권의 세상에 흠뻑 취해 있었다.

쾅쾅쾅!!

주먹으로 문을 두드리는 소리가 세차게 울렸다.

팅!

홍원이 손가락으로 흑운의 검신을 튕기며 난 소리가 청아하게 울렸다.

그 소리는 단리유화의 의식을 다시금 이곳으로 데리고 왔다.

"응? 헉헉. 헉."

그제야 지금까지의 피로가 몰려오는 것일까?

단리유화는 거친 숨을 토해냈다. 얼굴도 붉게 물들어 있었다.

손으로 얼굴의 땀을 닦아냈다.

"언제 오셨나요?"

단리유화가 홍원을 발견하고 물었다.

"좀 됐습니다. 그것보다 일단 문을 열어야 할 것 같군요."

홍원의 말에 그제야 단리유화는 자신을 부르는 소리를 들었다.

그녀는 천천히 문을 열었다.

삼매경에서 빠져나온 직후인지라 아직 무슨 상황인지 잘 파악이 되지 않고 있었다.

문을 열자 여러 사람이 잔뜩 서 있었다.

가장 앞에 있는 이는 태고령이었다.

그는 단리유화의 모습을 확인하자마자 눈살을 찌푸렸다.

흐트러진 옷매무새, 땀에 젖은 얼굴, 그리고 거친 숨소리까지.

망측한 생각이 먼저 떠올랐다.

비단 그런 생각을 하는 이는 태고령 부련주만이 아닌 듯, 그의 뒤에 서 있던 이들도 표정이 그와 비슷했다.

"무슨 일이신가요?"

단리유화는 호흡을 고르며 물었다.

"일단 안을 좀 봐야겠네."

태고령이 빠른 걸음으로 단리유화를 밀어내고 폐관 수련실 안으로 들어섰다.

그곳에서 담담한 얼굴로 서 있는 홍원을 발견하고는 다시 한 번 눈을 찌푸렸다.

"흐음……."

"무슨 일이신가요?"

같은 물음이었지만, 이번에는 단리유화의 목소리에 날이 서 있었다.

태고령은 말없이 종이 한 장을 그녀에게 내밀었다. 선문강의 필체였다.

자신이 죽림에게 변고를 당하면 가장 먼저 장홍원의 행적을 쫓으라는 내용이 쓰여 있었다.

"이게 무슨? 설마 군사께 변고가 생겼다는 말인가요?"

단리유화는 깜짝 놀라서 외쳤다.

그 모습은 누가 봐도 진심으로 놀라는 얼굴이었다. 의심의 여지가 없었다.

홍원은 내심 그녀의 연기력에 감탄했다.

하지만 이곳의 누구도 그녀의 그런 반응에 신경 쓰지 않았다. 그저 폐관 수련실 곳곳을 살필 뿐이다.

몇몇은 단리유화의 뒷모습을 위아래로 훑었다. 땀에 흠뻑 젖은 무복은 그녀의 몸에 찰싹 붙어 묘한 색기를 흘리고 있었다.

그들은 저마다의 수준에 맞는 상상을 펼치기 시작했다.

"아무래도 이번에는 군사가 틀린 모양이군."

태고령이 작게 중얼거렸다.

"부련주님, 설명을 해주세요."

단리유화가 태고령에게 말했다.

"군사의 유언은 봤으니 상황은 알 테고. 군사의 시신을 발견한 것은 삼각(45분) 전이야. 그리고 그의 집무실을 수색하다가 이 유서를 발견한 것은 이각(30분) 전. 그가 남긴 말대로 우리는 저 친구를 찾았지. 그랬더니 너와 함께 폐관에 들었다 해서 그 진위를 확인하기 위해 급히 온 거다."

설명을 하는 태고령의 눈빛은 차갑게 가라앉아 있었다.

"과연 수련실에 함께 있었으니 이번만은 선 군사가 틀린 게지. 하지만 네 행실도 과히 좋지는 않구나."

그 말을 남기고 태고령은 더 이상 나눌 대화가 없다는 듯 몸을 돌려 나갔다.

그의 뒤를 따라 무수한 사람들이 우르르 나갔다.

폐관 수련실의 문이 다시 닫혔다.

"이거 괜한 오해로 인한 소문이 생기겠군요."

홍원이 단리유화를 보며 말했다.

그녀는 그 말의 의미를 잘 알았다. 이미 저들이 수련실에 들어왔을 때 기분 나쁜 끈적한 눈빛도 느낀 터다.

"각오하고 한 일인걸요."

단리유화는 대수롭지 않다는 듯 말했다.

그보다 더 끔찍한 일도 당했었으니까.

"그래도 정말 대단해요. 그 짧은 시간에 말씀하신 대로 일을 마치시다니."

"소저의 도움 덕입니다."

홍원이 빙긋 웃었다.

"일단 좀 씻어야 할 거 같아요. 너무 깊게 빠져들었나 봐요."

그녀의 말에 홍원은 고개를 끄덕였다.

"묵천붕뢰권의 경지가 한층 더 좋아졌더군요. 훌륭했습니다."

홍원의 말에 단리유화의 얼굴이 살짝 붉어졌다.

그러나 이미 수련의 여운으로 붉게 변한 얼굴인지라 그 변화를 알아차리기는 힘들었다.

두 사람은 곧 폐관 수련실을 나왔다.

그리고 각자의 거처로 조용히 돌아갔다.

숭무련은 그야말로 대혼란에 빠졌다. 죽림이 다시 왔고, 군사가 명을 달리했다.

이대로는 과연 무림 대회가 정상적으로 열릴 수 있을 것인지 걱정해야 할 판이었다.

혼란 속에서 이틀이 흘렀다.

무림 대회의 일정은 일단 며칠 연기되었다. 그사이 처리해야 할 일이 산적해 있었다.

그 일을 해야 할 선문강이 죽었기에 군사부의 부군사들이 미친 듯이 업무를 처리하고 있었다.

"허어, 선 군사께서 생각보다 비밀리에 처리한 일이 많아."

부군사 중 한 명인 서문길은 고개를 절레절레 저었다. 자신이 미처 파악하지 못한 일에 대한 서류가 제법 있었던 것이다.

그래서 일의 진척 속도는 더욱 느렸다.

"후우, 선 군사가 한 일이니 당연한 게지. 일단 현재 상황 파악이 가장 먼저야."

또 다른 부군사인 노유는 질렸다는 얼굴로 빠르게 서류를 검토하며 말했다.

군사부의 최상층에서 그렇게 두 사람은 서류의 산에 파묻혀 있었다.

모용연 일행은 하릴없이 자신들의 숙소에서 시간을 보내고 있었다.

객의 입장에서 아무것도 할 수 없었다. 숭무련에 연이어 변고가 생긴 것은 알았지만, 이럴 때일수록 조용히 숙소에 있어야 했다.

"대체 무슨 일인지 모르겠어요."

모용연의 말에 문명후 역시 답답한 얼굴을 하고 있었다.

이번 무림 대회에서 널리 이름을 떨치겠다고 단단히 마음먹고 왔는데, 계속되는 흉사로 인해 속이 갑갑한 것이다.

또 다른 손님이 숭무련에 당도한 것은 그 즈음이었다.

사혈궁의 소궁주, 교하운.

그가 숭무련에 도착했다.

아무래도 그의 위치가 위치이다 보니 정신 없는 와중에 태고령이 그를 마중했다.

선문강의 죽음 이후 태고령이 부쩍 바빠졌다.

그리고 공야무는 그런 상황을 마음에 들어 하지 않았지만 어쩔 수 없었다.

자신의 최측근이라 여긴 선문강이 그렇게 사라졌으니.

교하운 역시 숭무련으로 오는 동안 소식을 들었다. 그랬기에 정중하고 조용하게 위로의 뜻을 표한 후 자신의 아들을 찾았다.

문을 열고 들어온 아버지를 보는 교상변의 눈은 세차게 떨렸다.

온다는 것을 알고 마음의 준비를 하긴 했지만 막상 눈앞에 아버지가 나타나자 그 동요가 그대로 드러났다.

"못난 놈."

아들을 마주한 후 가장 먼저 나온 말이다.

"크윽."

그 말에 교상번은 이를 악물었다.

"그딴 알량한 자존심은 버리라고 내 몇 번을 이야기했느냐."

"……."

교하운의 말에 교상번은 아무 말도 하지 못했다.

"그래. 흉수에 대해 이야기해 보거라. 대체 무슨 사연이 있어서 그리 입을 꾹 다물고 있었는지."

"주변을……."

교하운의 말에 교상번이 낮게 말했다.

"이미 내공으로 차음벽을 친 상태다. 너와 나 이외에는 아무도 듣지 못한다."

교하운의 말에 교상번의 눈이 살짝 떨렸다.

너무나도 대단한 저 실력.

아들로서 아버지에게 열등감을 느낀다는 말도 안 되는 일이 일어나게 해버린 아버지의 존재가 교상번은 못내 싫었다.

"궁에서 보낸 사람 같았습니다."

교상번의 말에 교하운은 어이없다는 얼굴로 피식 웃었다.

"궁에서? 너를? 도대체 왜? 너는 네가 그만한 가치가 있는 인물이라고 생각하느냐?"

교하운의 가차 없이 말했다. 너무도 적나라한 사실이 날카로운 검이 되어 교상번의 마음에 푹푹 박혔다.

"저는 아버님 다음 대에 궁주가 될 신분입니다."

"그건 너와 아버님 생각이고."

교하운은 냉정히 잘라 말했다.

"나조차 아직 소궁주다. 내가 언제 궁주가 될지는 아무도 몰라. 그런데 네놈이 궁주가 될 걸 전제해? 그런 바보가 궁에 있을 것이라 생각하느냐?"

아버지의 말에 교상번의 얼굴이 붉게 변했다.

"하지만 그놈은 궁의 무공을 사용했습니다. 그것도 비전 무공 중 하나를요!"

교상번은 아버지에게 분노를 토하듯 외쳤다.

그 말에 교하운의 얼굴이 살짝 변했다. 이것은 예상치 못한 말이었기 때문이다.

第五章
회자정리

"환사역혈변안공이라……."

교하운은 심각한 얼굴로 낮게 중얼거리며 걸음을 옮겼다. 그는 혼자 있었다.

물론 보이지 않는 곳에서 은밀히 호위하는 수하들은 존재했지만, 교하운의 명령 때문에 어느 정도 거리를 두고 있었다.

이미 짙은 어둠이 깔린 시간이다.

이런 밤 산책이 교하운의 취미 중 하나였다. 생각을 정리할 일이 있을 때면 이렇게 홀로 밤길을 거닐었다.

숭무련에 있는지라 제약이 많았지만, 외인에게 허락된 길을 그는 천천히 걷고 있었다.

"그 괴공(怪功)을 익힌 이는 내가 알기로는 없어……."

교하운이 아무리 식도락으로 인한 역마살이 심하다 해도, 소궁주로서 알아야 할 것들은 모두 파악하고 있다.

그런 자신의 기억을 아무리 뒤져도 최근 이십 년간 환사역혈변안공을 익힌 자는 없었다.

그것은 궁에서 엄중히 관리하는 무공 중 하나였다. 익힌 사람이 무림을 제멋대로 활보할 경우 미칠 수 있는 파급력을 익히 알기 때문이었다.

사공(邪功)의 종주를 자처하는 사혈궁이다.

천하의 온갖 사파들을 병합하는 과정에서 이루 말할 수 없는 사공들을 수집했다.

그중에는 세상에서 사라져야 할 괴이악랄한 마공, 혈공도 있었고, 세상에 혼란을 줄 사공도 있었다.

도저히 인세에 있어서는 안 된다고 판단된 것들은 불살랐고, 혹시나 싶은 것은 금서고와 장서고에 각기 엄중한 관리하에 보관하였다.

그중 환사역혈변안공은 장서고에 있었다.

사혈궁 서열 일백 위 안에만 들면 익힐 수 있는 무공이었다. 물론 누가 익혔는지는 기록이 남는다.

그 때문에 아무도 익히지 않은 무공이다.

얼굴을 자유자재로 바꿀 수 있는 무공을 익히겠다 하면, 그 저의를 의심받는 것이 당연한 일이다.

때문에 교하운이 기억하는 최근 이십 년 동안은 익힌 이가 없었다.

그런데 그 무공을 익힌 이가 교상번을 습격했다.

"습격은 아니지. 번아가 시비 걸다가 오히려 당한 거지. 결국, 그 녀석이 조용히만 있었다면 일어나지도 않았을 일이란 건데……."

어려웠다.

숭무련으로 오는 동안 별것 아닌 일이라 생각했다. 자기 아들의 인성을 보아서 결국 한번 제대로 호되게 당한 거라 생각했으니까.

그런데 환사역혈변안공이 튀어나오면서 이야기가 달라졌다.

"그놈은 혹시나 부궁주가 자신을 노렸나 해서 입을 꾹 다물었겠지만… 어쨌든 입을 다물고 있었던 건 잘한 일이야."

소 뒷걸음질에 쥐 잡은 격이다.

교하운은 다시 한 번 자신의 기억을 뒤졌다.

사혈궁의 그것 말고도 혹시 얼굴을 바꿀 수 있는 무공이 있는지 곰곰이 생각해 보아도 떠오르는 것이 없었다.

혹시 모른다. 천하란 넓으니까.

누군가가 그런 무공을 새로이 만들어냈을 수도 있다.

"누군가의 침입?"

누군가가 장서고에 침입해서 필사해 갔을 가능성도 있다.

그리고 보니 숭무련에 죽림이 나타났다고 했었다.

"그라면 가능할까?"

교하운은 잠시 가늠해 보았다. 죽림에 관해서는 강호의 소문만 들었을 뿐이다.

그 소문을 종합해서 생각해 봤다.

절로 고개가 저어진다.

자신은 장서고의 경계망을 대강이나마 알고 있었다. 그런 상태에서 자신이 잠입한다고 가정했을 때도 자신이 없었다.

"신도운악 전 련주보다 뛰어나다고 해도… 그건 불가능해."

교하운은 그렇게 결론을 내렸다.

땅만 보고 걷던 그가 시선을 하늘로 돌렸다. 총총히 빛나는 별들이 답답한 가슴을 시원하게 해주는 듯했다.

출구 없는 미로에 갇힌 듯 이번 일에 대한 고민은 거기까지만 했다.

누군가 사혈궁을 노리는 것이라면 다른 반응이 있을 것이고, 자신의 못난 아들이 하필이면 은거 기인을 건드려 본때를 본 것이라면, 이대로 아무 일 없이 흘러갈 테니까.

"환사역혈변안공이 아닐 수도 있으니까. 이렇게 되면, 홍수 찾기는 실패로군. 내일 다시 성현성으로 출발하면 되겠어. 번이 녀석은 궁으로 돌려보내고. 숭무련도 상황이 복잡한 것이 무림 대회가 제대로 치러질지도 의문이야."

교하운은 간결하게 결론을 내렸다.

그러면서 입맛을 슬쩍 다셨다. 비영의 요리가 생각난 탓이다.

"응?"

교하운이 고개를 갸웃거리며 한 곳을 바라보았다.

그곳에는 자신처럼 밤 산책을 즐기는 사내가 하나 있었다.

홍원은 자신의 꿈에 대한 의문이 다시 들었다.

이건 도통 알 수가 없었다.

"어쩌면 난 내 꿈을 제대로 기억하지 못하는 건지도 모르겠어."

갑자기 떠오르는 기억이 있었다. 사령탈혼술이나 환사역혈변안공같이 말이다.

그리고 절대 떠오르지 않는 기억 역시 있었다.

"난 왜 그렇게 미쳐서 싸웠던 거지?"

분명히 기억하고 있다고 생각했는데, 막상 그 이유를 알려고 하니 명확히 떠오르지 않았다.

흐릿한 안개 속에서 헤매는 기분이다. 오늘 밤하늘의 별빛처럼 청명하면 좋으련만.

밤공기도 제법 따스해졌다. 이제 완연한 봄이다.

홍원은 천천히 걸음을 옮겼다.

자신의 실수로 생긴 가족들에게 위협이 될 만한 요소를 모두 제거했다 생각하니 홀가분했다.

그래서 모처럼 산책을 나온 것이다.

시간은 상관없었다. 밤이면 어떻고 아침이면 어떻고 새벽이면 어떠랴.

자신의 마음이 이리 홀가분한 것을.

하지만 꿈에 생각이 미치자 의문이 계속해서 생겼다.

"그러고 보니 지금의 나와 그때의 나, 누가 더 강할까?"

이건 순수한 호기심이다.

꿈과는 다른 길을 걷고 다른 깨달음을 얻었으며, 다른 경지를 개척했다.

홍원은 또 다른 길을 갔을 자신에게 호승심이 일었다. 무인의 본능이다.

"패도의 극을 걸었지."

패도 중의 패도였다. 지금과는 전혀 다른 길을 걸었다.

세월도 다르다.

꿈속의 세월이 훨씬 길었다.

홍원은 지금의 자신과 꿈속의 자신의 실력을 냉정히 평가하여 심상 속에서 비무를 펼쳤다.

잠시 걸음을 멈춰 심상 속으로 빠져들었다.

어느새 홍원의 이마에 땀방울이 촉촉이 맺혔다.

일각 정도의 시간이 흘렀을까. 어느새 감고 있던 눈을 떴다.

"후우, 어렵군."

홍원은 이마의 땀을 닦으며 한숨을 쉬었다.

일단 현재의 자신의 패배다.

아직 갈 길이 멀었다는 이야기다. 넘어야 할 벽이 구체화되어 보이니 그건 그것대로 좋았다.

"생각 외의 수련이로군."

호기심에 행한 일이 의외의 길을 보여줬다.

화두에만 매달릴 것이 아니라, 이런 식의 심상 수련도 큰 도움이 될 것 같았다.

"역시 이상해……."

꿈의 기억은 군데군데 삭제된 듯 생각이 나지 않는 부분이 많았다.

두 가지를 빼고 모두 명확히 기억한다는 것은 자신의 착각이요, 오만이었던 것 같았다.

당장 그 경지로 오른 깨달음의 실마리는 전혀 기억나지 않았다.

천선이 너무나 익숙하고 쉽게 느껴져 일부러 도가 아닌 창을 택했던 과거의 자신.

제대로 몰랐기에 오만했다는 생각이 들며 얼굴이 화끈거렸다. 그 누구도 모르는 일이지만, 자신 스스로에게 부끄러웠다.

걸어간 길의 도착점은 생생히 기억하고 있으나, 그 길은 잊었다.

꿈속 자신의 경지는 알지만, 어떻게 그 경지에 올랐는지는 모른다.

출구 없는 미로 속에 갇힌 기분이다.

"답이 안 나올 고민은 여기까지만 해야겠군."

홍원은 오늘은 여기까지만 하기로 했다. 계속해서 번민에 빠져 있기에는 밤의 공기가 너무 좋았다.

다시금 걸음을 옮겼다.

"내일은 떠나야겠어."

숭무련으로 향할 때는 무림 대회에 한번 참가해 볼까란 생각도 했으나, 현재 숭무련의 상황에서 무림 대회가 제대로 치러질지 의문이었다.

이왕 이렇게 나온 거, 북해를 들러봐야겠다는 생각이 들었다.

꿈속에서 치열하게 수련하던 곳.

문득 한번 가보고 싶다는 생각이 들었다.

앞으로의 행보를 결정하고 만족한 웃음을 짓던 홍원의 시선이 한 곳에서 멈췄다.

그곳에는 마찬가지로 자신을 바라보는 중년의 사내가 있었다.

기억에 없는 얼굴이었다.

그렇다면 꿈속에서도 만난 적이 없는 인물이라는 뜻이다.

'강하다.'

지금까지 만난 사람 중 가장 강했다.

그리고 그 주변에 기척을 숨기고 호위하고 있는 자들의 존재로 보아 예사 인물은 아닌 듯했다.

홍원을 발견한 교하운은 재미있다는 얼굴로 홍원에게 다가갔다.

"오늘 밤공기가 무척이나 좋지 않은가?"

"그렇군요."

홍원은 담담히 대답했다.

"자네 젊은 나이에 성취가 대단하군."

교하운은 한눈에 홍원의 실력을 알아보았다. 저 나이 대의 무인 중 단연 빼어난 실력이었다.

언젠가 보았던 단리유화나 구양대검보다 훨씬 윗줄의 실력이었다.

교하운은 결코 알지 못했다. 홍원이 딱 그만큼의 기도만 드러내고 있음을 말이다.

젊고 강한 무인을 만나자 절로 호감이 일었다.

"과찬이십니다."

홍원의 대답에 교하운은 절로 기꺼운 마음이 들었다. 왜 그런지는 몰랐다.

못난 아들을 둔 반작용일까.

이런 젊은이들을 보면 그저 호감이 생겼다.

"술 한잔할 텐가?"

홍원이 물끄러미 교하운을 쳐다보았다. 무척이나 실례되는 행동이다. 하지만 갑작스러운 제안에 대체 무슨 생각인지 그리 보게 되었다.

"날이 좋으니 절로 술 생각이 나지 않는가? 좋은 사람을 만났으니 그 맛이 더 좋을 듯하네."

홍원이 무슨 생각을 하는지 알고 있다는 듯 교하운은 웃으며 말했다.

뜬금없는 말이었지만 그것도 괜찮을 것 같았다.

홍원은 고개를 끄덕였다.

"그렇게 하지요."

"좋군."

교하운이 빙그레 웃었다.

"그러면 따라오게나."

교하운이 앞장서 걸음을 옮겼다. 홍원은 곁에서 함께 걸었다. 두 사람은 아무 말도 없었다. 그저 걸을 뿐이다.

'이리로 가면 아무것도 없을 텐데……'

이곳은 그저 산책로일 뿐이다.

숙소도 객잔도 식당도 없었다. 술을 마시자 하고서는 가는 방향이 달랐다.

그때 홍원의 감각에 이 남자의 호위 중 한 명이 사라지는 것이 느껴졌다. 홍원은 작게 고개를 끄덕였다.

아마도 그가 술을 가지러 가는 모양이었다.

"호오. 내 예상보다 실력이 더 좋은 듯하이."

교하운은 그 모습에 입을 열었다. 거의 미미한 움직임이었는데 알아차린 것이다.

"내 수하들의 움직임을 느낄 정도라니, 대단해."

"대단치 않습니다. 그저 남들보다 좀 예민한 것뿐입니다."

무인의 감각은 그 경지에 비례하지만, 그중에 특출나게 감각이 예민한 이들도 있다. 홍원은 자신이 그렇다고 이야기하는 것이다.

교하운은 그저 웃을 뿐이다.

"자, 도착했군."

얼마나 걸었을까. 교하운이 발을 멈추며 말했다.

그곳은 작은 가산이었다. 주변에 탁 트여 있는 시원한 공간이었다.

"숭무련에 올 때면 이곳은 한 번쯤 들린다네. 절로 시원한 풍경이라서 말이지."

그때 교하운의 곁에 수하가 나타났다.

그는 돗자리를 바닥에 깔아 술병을 내려놓고 간단한 안줏거리를 챙겼다. 그러고는 금세 사라졌다.

"자자, 앉지."

교하운은 아무렇지도 않게 돗자리 위에 풀썩 주저앉았다.

그러고는 술병을 홍원을 향해 내밀었다. 홍원이 마주 앉아 잔을 내밀었다.

그렇게 두 사람은 말없이 한 잔, 한 잔 술을 마셨다.

"자네는 나에게 궁금한 것이 많겠지? 그건 나 또한 마찬가지이네. 그냥 궁금한 것은 그대로 두고 술이나 마시세. 나도 그리할 터니. 좋은 사람과 함께 좋은 풍경을 보며 좋은 술을 마시는 것이니. 그 사람이 누구인들 무슨 상관인가. 어차피 스쳐 지나가는 인연인 것을."

교하운의 말에 홍원은 고개를 끄덕이고는 묵묵히 술을 마셨다.

"맛이 좋군요."

홍원의 말에 교하운의 얼굴이 대번에 밝아졌다.

"맛 또한 아는 친구로구만, 하하하."

그게 얼마나 대단한 일이라고 저리 즐거워할까. 홍원은 신기한 사람을 만났다고 생각했다.

하지만 좋았다.

그의 말대로 그는 좋은 사람이었다.

절로 유쾌하고 자유로운 사람이다. 저 연배에, 저 실력에 저리 행동하는 사람을 본 적이 있던가 기억을 더듬어보면 오늘이 처음이었다.

그보다 높은 연배에서는 몇 있었다.

사부와 그 친구들이었다.

문득 사부가 그리워지는 밤이다.

홍원은 술잔에 그리움을 담아 목으로 넘겼다.

"좋은 인연이 있었던 모양이로군."

그런 홍원을 바라보며 교하운이 말했다. 홍원은 아무런 답도 하지 않았다.

"자네의 얼굴이 그리 말하고 있어. 부럽구먼그래."

"귀하도 좋은 인연이 많을 듯합니다만……"

교하운의 말에 홍원이 담담히 대꾸했다. 그와 같은 사람이라면 주변에 좋은 인연이 많은 것이 당연했다. 사부가 그랬듯이.

"하하하, 그렇게 봐주니 기분이 좋네. 하지만 아쉽게도 그렇지 못했다네."

순간 교하운의 두 눈에 쓸쓸한 빛이 감돌았다.

"장남이라는 놈은 멍청하고 둔하기 이를 데 없고… 친구라고는 아무리 떠올려 봐도 없군."

자조적인 말투였다.

홍원은 고개를 갸웃거렸다. 자식이야 부모 마음대로 안 된다는 것이지만, 친구는 그렇지 않았다.

아무리 봐도 친구가 없을 사람으로는 보이지 않았다.

"저마다의 사정이 있는 법이지요."

홍원은 굳이 캐묻지 않았다. 그의 말대로 어차피 이렇게 잠시 스쳐 가는 인연이다.

기분 좋게 만나, 즐거이 함께하고, 깔끔하게 헤어지면 그뿐.

"역시. 내 사람 보는 눈이 아직 녹슬지 않았어. 자네 정말 마음에 드는군."

교하운이 싱긋 웃으며 잔을 내밀었다.

홍원의 잔이 그의 잔에 가볍게 부딪혔다. 두 사람은 동시에 그 잔을 단숨에 비웠다.

다시 술이 채워졌다.

그렇게 몇 순배의 잔이 돌았을까. 밤이 제법 깊어졌다.

자정을 지나 이제 새벽을 향해 시간이 달리고 있었다.

"이쯤 해야겠군."

하늘의 별을 보며 시간을 가늠한 교하운이 말했다.

"좋은 자리였습니다."

홍원은 가타부타 말없이 깔끔하게 잔을 내려놓았다. 교하운은 그 모습 또한 마음에 들었다.

"한 번의 인연으로 그치기에는 자네는 너무 아까운 사람일세."

"과찬이십니다."

홍원은 얼마 전에 했던 말로 다시 답했다.

"통성명도 없이 이리 헤어지기도 아쉽군. 내 이런 적이 없었는데 말이야."

하운의 말에 홍원은 멈칫했다. 이내 고개를 저었다.

생각 없이 이름을 밝혔다가 숭무련에 들어와 그간 얼마나 바쁘게 움직였던가.

아무리 좋은 인연이라도 눈앞의 사내는 무림인이다.

가명을 알려주기는 싫었다. 그는 좋은 사람이었으니까. 그냥 여기서 각자의 길을 가는 게 옳다는 생각이 들었다.

그런 홍원의 모습을 하운은 빙그레 웃으며 지켜보았다.

"난 운(雲)이라는 사람일세."

교하운의 말에 홍원도 마주 웃음 지었다.

저 정도라면야.

"전 장(張)이라 합니다."

"반가웠네, 장 공."

"즐거웠습니다, 운 공."

각기 석 자 이름 중 한 글자씩만 밝히고 두 사람은 그렇게 헤어졌다.

숭무련의 어느 밤, 어느 곳에서 있었던 잠시의 인연이다.

다음 날 아침.

홍원은 숭무련의 북문에서 말에 올라탄 채 있었다. 그가 떠난다는 말에 단리유화가 내준 것이다.

신도운악이 사라지고, 선문강 마저 죽은 지금이 단리유화에게는 최고의 기회였다.

여러 가지 일들로 무림 대회의 개최가 지지부진해지며 그녀는 삼 공녀의 지위를 그대로 누리고 있었다.

삼 공녀의 권한을 행사하는 것을 막았던 신도운악도, 견제했던 선문강도 없었기에 그녀는 빠르게 숭무련의 핵심에 다가가고 있었다.

공야무가 정식으로 련주에 취임하는 순간 사라질 권한이지만, 지금 다져놓은 기반이 그녀의 힘이 될 것이다. 그것을 잘 알기에 단리유화는 무척이나 바빴다.

그 와중에 홍원이 떠난다고 하니 깜짝 놀랐다.

"꼭 지금 가서야 하나요?"

"이제 제가 있을 이유가 없더군요. 떠날 때가 된 것이지요. 저를 바라보는 눈길들도 그렇고 말입니다."

홍원의 말에 단리유화는 더 이상 홍원을 붙잡지 않았다.

"정말 감사합니다. 장 공자 덕분에 제가 숭무련에 다시 자리를 잡을 수 있었어요."

그녀의 말에 홍원은 고개를 저었다.

"제가 부주의해서 벌인 일도 있으니 괘념치 마십시오. 저야말로 이번에 많은 것을 배웠습니다."

"아니요. 장 공자께서 어찌 생각하시든 저는 큰 은혜를 입었어요. 제 도움이 필요한 일이 생긴다면 언제든지 숭무련을 찾아주세요."

단리유화의 말에 홍원은 웃으며 고개를 끄덕였다.

그리고 말의 허리를 찼다.

히이이잉!

요란한 울음소리와 함께 말이 강하게 땅을 박찼다. 작은 먼지를 일으키며 말은 빠르게 달렸다.

단리유화는 가만히 그렇게 멀어지는 홍원의 모습을 바라보았다. 그녀의 안력으로 더 이상 홍원의 모습이 보이지 않을 때까지 그녀는 그렇게 그곳에 서 있었다.

숭무련을 향해 걸음을 옮기는 그녀의 얼굴은 달라져 있었다. 철혈의 여장부의 얼굴로 당당히 걸음을 옮겼다.

요즘 련 내에 그녀와 홍원에 관해 도는 소문도 알고 있었다. 그런 소문을 각오하고 그와 함께 폐관 수련실에 든 것이다.

아무 일도 없었기에 그저 헛소문에 불과했지만, 그녀가 아무런 반응도 보이지 않았기에 알음알음 퍼져 나가고 있었다.

이런 종류의 소문은 단호히 대처하면 대처하는 대로, 침묵하면 침묵하는 대로 그저 퍼져 나갈 뿐이다. 무얼 해도 결과가 똑같았기에 단리유화는 침묵하는 쪽을 택했다.

향후 그녀의 행보를 고려해 선택한 결정이다.

'그저 소문인 게 아쉽기도 하고……'

자신과 홍원에 관한 소문을 잠깐 떠올렸던 그녀는 자신의 머릿속에 떠오른 생각에 깜짝 놀라며 세차게 고개를 저었다.

그녀의 얼굴은 어느새 빨갛게 변해 있었다.

숭무련을 떠나고 얼마의 시간이 흘렀을까? 열흘쯤 지났으니 제법 시간이 흘렀다.

말은 이미 팔아버렸다.

북해의 추위를 견디기에는 무리가 있어 보였기에, 계속해서 말을 타고 가는 것은 말에게도 못 할 짓 같았다.

홍원은 묵묵히 걸음을 옮겼다.

뼈가 시린 찬바람이 홍원의 얼굴을 세차게 때렸지만, 아랑곳하지 않았다.

홍원은 기억을 더듬어 걸음을 옮겼다.

이 근처까지는 숭무련을 벗어난 후 곧장 왔던 곳이다. 여기쯤에서 마음이 찝찝해 걸음을 돌렸다.

당시 열흘 정도 걸려서 왔었다. 그때는 추적을 피하고 흔적을 남기지 않기 위해 그야말로 잠도 최소한으로, 식사도 거의 하지 않으며 왔던 길이다.

이번에는 말을 탔다고는 하지만 그래도 쉬엄쉬엄 왔기에 그때와 비슷한 시간이 걸린 것 같았다.

"여기부터는 내가 직접 가보는 건 처음이군."

홍원은 북쪽을 바라보며 담담히 중얼거렸다. 중원은 이제 봄기운이 완연하건만 이곳은 아직도 눈보라가 대지를 휩쓸고 있다.

추위에 영향을 받지 않는 홍원이었기에 그저 천천히 걸음을 옮길 뿐이다.

그렇게 다시 며칠을 걸었을까.

드디어 홍원은 그곳에 도착했다.

꿈속에서 십 년을 보냈던 동굴. 당시에는 이곳의 주인이 있었다. 백곰 한 마리가 거처로 삼고 있었다.

그때와 이곳을 찾은 시점이 달라서 그런지, 야생동물의 노린내만 남아 있을 뿐이다. 꿈속에서 자신이 쫓아 보냈던 그 곰은 이미 다른 곳으로 떠난 후인 듯했다.

제법 큰 동굴이다.

머리 위로도 공간이 상당히 남았다. 홍원은 천천히 동굴 안으로 들어갔다.

그렇게 깊지는 않았다.

그래서 밖의 냉기가 고스란히 안으로 들어왔다.

"입구를 막았었지."

짐승의 가죽으로 입구를 대충이나마 가렸던 기억이 떠올랐다.

꿈에서 행한 일들이건만, 계속해서 자신의 과거와 같은 느낌이 들었다.

홍원은 머리를 살짝 가로젓고 풀썩 자리에 앉았다.

"이곳에서 소성(小成)을 이뤘다."

소성이라 했지만, 결코 작은 성취는 아니었다.

지금과 비교해도 절대 뒤떨어지지 않는 수준이었으니까.

그 고련의 과정과 깨달음이 모두 생생한 줄로만 알았다.

그래서 창을 들었다.

이곳에 다시 찾아와 보니 확실해졌다. 깨달음의 일부만 남아 있다.

"뭐, 꿈이니까."

그렇다.

꿈을 모두 기억하는 게 오히려 이상한 것이다. 즉, 지금까지가 이상한 것이었다.

홍원은 그렇게 생각했다.

이곳까지 온 김에 가부좌를 틀고 앉았다.

꿈속의 그때처럼 그렇게 명상에 들었다. 오랜만에 천선의 구결 속으로 빠져들었다.

그동안의 경험이 영향을 미친 탓일까.

늘 똑같이 다가오던 구결들이 모처럼 새롭게 다가왔다. 항상 같은 의미로만 보였던 글자들이 다른 의미를 내보이고 있었다.

홍원은 금세 삼매경에 들었다.

그곳에서 자신을 잊고 오로지 구결 속으로 침잠해 들어갔다.

그렇게 깊게 깊게 빠져드는 천선의 세상.

온갖 글자들이 허공을 노닐며 홍원에게 손짓했다. 어떤 구결은 한 방향으로 길게 이어져 길을 만들기도 했다.

홍원은 마음이 끌리는 대로 그렇게 구결을 따라 점점 더 천선의 깊숙한 곳으로 파고들었다.

그렇게 들어가서 만나게 된 한 글자.

패(覇).

꿈속의 자신이 갔던 길이다.

홍원은 패도를 마주한 순간 그 사실을 깨달았다.

꿈이었기에 잊었다고 생각했던 깨달음의 길을 이곳에서 다시 떠올린 것이다.

꿈속의 자신이 그 끝을 파고들었던 패도.

하지만 지금은 자신의 길이 아니었다.

홍원은 그 길의 맛만 살짝 보고 다시 돌아 나왔다.

서서히 천선의 세상에서 본연의 세상으로 의식이 떠올랐다.

홍원이 두 눈을 떴다.

사방이 깜깜하게 변해 있었다.

얼마나 삼매경에 빠져 있었던 것인지 알 수 없었다.

그날의 밤인지, 하루가 지난 밤인지, 며칠이 지난 밤인지.

중요한 것은 아니었지만, 무척이나 배가 고팠다.

홍원은 얼굴을 찡그렸다. 그러고 보니 준비 없이 무작정 온 길이다. 향산을 다닐 때는 이러지 않았는데, 마음이 동하는 대로 왔더니 그만 깜빡 잊었다. 이 근처에는 음식을 구하는 것이 어려워 꿈속에서도 무척이나 고생했던 것을 말이다.

홍원은 일단 짐에서 건량을 꺼내 입으로 가져갔다.

남은 것은 고작해야 나흘 분량.

아껴 먹어도 엿새 정도였다.

"어쩐다……."

동굴 벽에 기댄 채 천장을 올려다보며 고민에 빠졌다.

그 꿈이 단순한 꿈이 아닐 것이라고는 짐작했다. 꿈에서 존재했던 모든 것들이 현실에도 존재했으니까.

어찌 단순한 꿈이 현실을 그토록 똑같이 그려내겠는가.

자신이 왜 그런 꿈을 꾸었는지는 의문이었지만, 그건 누구도 풀지 못할 문제다.

꿈을 꾸는 이유 따위야, 알 수 없는 것이니까.

"선문강이 죽었다고?"

우문기영은 깜짝 놀랐다. 그의 기억으로 그는 숭무련의 군사를 거쳐 종래에는 련주의 자리에 오르는 걸물이었으니까.

보고를 마친 수하는 그저 묵묵히 있을 뿐이다.

"그밖에 다른 보고 사항은?"

우문기영의 물음에 그의 입이 열렸다.

"사혈궁의 대공자인 교상번이 정체불명의 고수에게 중상을 입었습니다. 때문에 소궁주인 교하운이 숭무련으로 찾아갔고요."

선문강의 죽음이 더욱 큰일이었기에 사혈궁의 일이 뒤로 밀렸다.

하지만 그 또한 작은 일이 아니었다.

"교상번이?"

머리가 복잡해졌다.

이번 숭무련의 무림 대회는 아무 일 없이 평탄하게 흘러가야 한다.

소마룡 구양대검이 후기지수 무림 대회에서 우승함으로써 세상의 주목을 받는 것말고는 별다른 일이 없었다.

우문기영의 기억 속에서는 말이다.

그런데 이번에는 무언가가 자꾸 틀어지고 있다.

우문기영은 혹시라도 그런 일이 있을까 봐 활동을 최대한 자제했다.

그가 과거와 달리 움직인 것은 오직 하나다.

그 괴물에 대한 수색 활동.

하지만 그는 과거에 있었던 곳에 없었다. 그래서 향산 남면의 목이문에 손을 뻗었지만 일은 틀어졌다.

세상의 흐름을 알고 있으나, 지금은 그것과 다르게 흘러가고 있다.

"어렵군……."

우문기영은 작은 소리로 중얼거렸다.

"네?"

보고하던 수하의 물음에 우문기영은 고개를 저었다.

"아니다, 혼잣말이야. 그 외 다른 사항은 없는가?"

우문기영의 물음에 수하가 다시 말을 이었다.

"이건 대단한 건 아닙니다만. 숭무련의 삼 공녀에 대한 소문이 련 내에서 퍼지고 있는 모양입니다."

"삼 공녀? 단리유화?"

우문기영은 의아한 듯 수하에게 되물었다.

"네, 그렇습니다."

'그럴 리가? 이 시점에 단리유화는 숭무련에 없었어. 그런데 그녀가 지금 숭무련에 있다고? 그리고 선문강이 죽고?'

의문이 떠올랐다.

우문기영은 그녀의 운명도 알고 있었다. 그랬기에 강한 의문이 들었다.

"어떤 소문인가?"

"근본 없는 무인과 정분이 났다고 합니다."

"근본 없는 무사?"

"네, 무림 대회에 맞춰 숭무련으로 돌아오면서 함께 온 자라 합니다. 함께 폐관 수련에 들었는데, 그곳에서 정분이 난 것 같다는 소문이 돌고 있습니다."

별로 대단할 것 없는 일이다. 하지만 숭무련의 삼 공녀의 일이기에 보고를 올린 것이다.

"알겠다. 이만 가보도록."

우문기영의 말에 수하는 허리를 숙이고 그의 집무실을 떠났다.

"단리유화와 선문강이라……. 원래는 선문강의 손에 단리유화가 죽어야 하건만……. 분명 그녀가 신도운악의 암살 의뢰를 했다는 죄목이었지?"

우문기영은 자신이 기억하는 것을 떠올려 보았다.

그것과 뒤바뀐 죽음.

"어쩌면 그녀에게 무언가 실마리가 있을지도……."

우문기영의 두 눈이 빛났다.

지금까지는 자신이 알던 사실과 다르게 흘러가는 흐름을 조사해 볼 수 없었지만, 이번은 달랐다.

특이점으로 짐작되는 이를 구체화할 수 있었으니까.

우문기영은 숭무련으로 보내기에 적당한 사람이 누가 있을까 천천히 생각해 보았다.

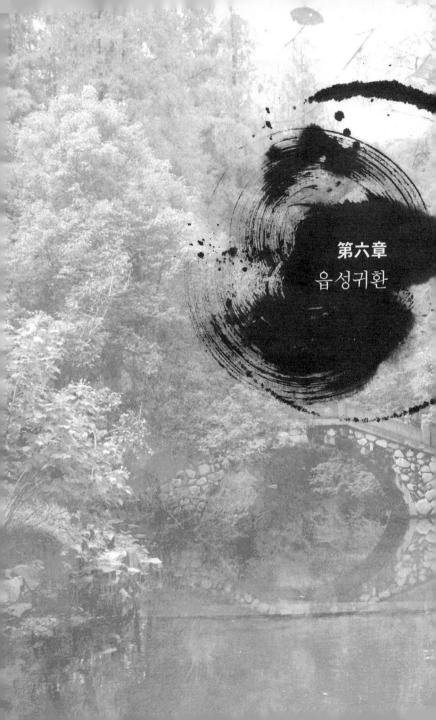

第六章
읍성귀환

땀방울이 뚝 떨어진다.

뜨겁게 내리쬐는 태양빛에 눈도 제대로 못 뜰 정도다.

그늘에 앉아 연신 손부채질을 하는 진구도 이럴 진데, 햇볕 아래 경계를 서고 있는 수문병들은 어떨까.

진구는 물끄러미 하늘을 올려다보았다.

"아무리 한여름이라지만 올해는 유독 심하네. 폭염이야, 폭염."

진구는 엉덩이를 툭툭 털고 자리에서 일어났다. 그러고는 수문병 한 명에게 다가갔다.

"어서 저리로 가서 쉬어. 물도 좀 마시고. 계속 이러고 있다가는 죽는다, 죽어."

"감사합니다."

진구가 교대를 해주자 그 병사는 부리나케 성문 아래 그늘로 들어갔다. 아직은 그림자가 짧아 성벽에 딱 붙어 앉아야 숨을 좀 돌릴 수 있다.

벌겋게 익은 얼굴로 물을 들이켜는 병사의 얼굴은 이미 땀으로 흠뻑 젖어 있었다.

"다음은 너다. 조금만 더 참아. 시간이 좀 더 지나면 그늘도 더 길어질 테니까."

"네."

진구의 말에 그의 옆에서 경계를 서고 있는 병사가 짧게 답했다.

두 병사는 그저 진구가 고마웠다.

조장이라는 위치상 그가 계속 그늘에서 쉬어도 뭐라고 할 사람은 없었다. 하지만 그는 이렇게 힘든 날에는 늘 같은 시간 경계를 교대로 서며 자신들이 쉴 수 있게 배려해 주었다.

추운 겨울에는 불을 쬐게 해주고, 오늘처럼 더운 여름에는 그늘에서 쉬게 해주었다.

힘들지만 진구 덕에 그래도 할 만했다.

진구의 얼굴이 벌겋게 익기 시작했다.

멀리 지평선은 뜨거운 열기에 뒤틀려 보였다.

그렇게 일렁이는 풍경 너머로 한 사람이 터덜터덜 걸어오고 있었다.

"이거, 왠지 전에도 이랬던 적이 있는 것 같은데?"

걸음에 이어지는 작은 흙먼지를 보며 진구가 중얼거렸다.

잠시 후 그가 성문 앞에 당도했다.

"오랜만이다, 진구."

"그러네. 어떻게 네놈은 돌아올 때마다 이런 모습이냐?"

진구가 홍원을 보며 피식 웃었다.

봄이 시작될 무렵 읍성을 떠난 친구가 한여름의 가운데 고향으로 다시 돌아왔다. 거의 반년이 다 되가는 것 같았다.

"별일 없었지?"

홍원이 진구를 보며 물었다. 진구는 그 물음의 의미를 잘 알고 있었다.

"아무 일 없었다. 어머님도 건강하기고, 애들도 아주 잘 지내고 있다. 묵린이 그 녀석도 아주 팔팔하고."

홍원은 그 말에 웃음 지었다.

"다른 녀석들은?"

친구들의 안부를 묻는 말에 진구는 빙그레 웃었다.

"지금 네가 보는 대로."

"힘들겠네."

홍원이 피식 웃으며 말했다. 벌겋게 익은 얼굴에 땀에 절은 얼굴을 보니 절로 나오는 말이다.

"내 일이니까. 어쩔 수 없지."

홍원은 고개를 끄덕였다.

"자세한 이야기는 오늘 밤에 하자고."

홍원이 손을 흔들며 성문을 지나쳤다. 읍성에 돌아올 때면 동문으로 들어오다 보니 이렇게 가장 먼저 만나는 사람이 진구다.

무슨 인연인지, 홍원이 돌아올 때면 늘 진구가 근무할 시간이다. 이번이 겨우 두 번째지만 말이다.

십오 년 만에 고향에 돌아와 처음 만난 사람이 진구였던 것이 강하게 인상에 남는 덕이리라.

홍원은 천천히 집을 향해 걸었다.

더운 날씨에 거리를 다니는 사람의 수는 적었다. 그들은 모두 더위에 지쳐 땀을 뻘뻘 흘리고 있었다.

이 더위 속에 편안한 얼굴로 걸음을 옮기는 홍원의 모습이 이질적이었다. 사람들은 더위에 지쳐 그런 홍원을 살필 여력이 없었다.

홍원이 집에 도착했다.

마당에 물을 뿌려 놓았는지 축축하게 젖어 있었다. 덕분에 더위가 한결 덜한 느낌이다.

묵린이 녀석이 홍원을 보며 신나게 꼬리를 흔들고 있었다.

"홍원이 왔구나."

묵린의 소리에 집 밖으로 나온 어머니가 홍원을 발견하고 빙그레 웃으며 말씀하셨다.

잠시 외출하고 돌아온 아들을 반기는 듯한 모습이다.

"다녀왔습니다."

"수고 많았다."

짧은 인사지만 그 속에는 수많은 의미가 담겨 있었다.

어머니의 얼굴이 더욱 좋아진 듯 보여 홍원은 마음이 놓였다. 그건 어머니 역시 마찬가지였다. 오랜 시간 집을 떠났던 아들이건만 떠날 때와 마찬가지로 건강한 모습이다.

그것보다 고마운 일이 또 있을까.

아이들은 한창 학관에 있을 시간이기에 집에는 어머니만 계셨다.

"밥 먹어야지?"

"네."

마침 점심때였다.

어머니는 곧바로 부엌으로 들어가서 식사 준비를 시작했다.

금세 차려진 밥상에 어머니와 홍원 둘이 오랜만에 함께했다.

역시 밥은 집밥이 가장 맛있다.

홍원은 게 눈 감추듯 한 공기를 순식간에 뚝딱 비웠다. 어머니는 그런 아들의 모습을 흐뭇하게 바라보았다.

"그래, 갔던 일은 잘되었고?"

어머니의 물음에 홍원은 고개를 끄덕였다.

"어느 정도 성과가 있었습니다."

"다행이구나."

모자의 점심은 그렇게 끝이 났다.

그사이 마당의 물이 모두 말랐다. 뜨거운 여름이다.

홍원은 우물에서 물을 퍼 다시 마당에 물을 뿌렸다. 우물을 파둔 것은 정말 잘한 일이다.

"잠시 다녀오겠습니다."

"그래."

홍원은 대장간으로 향했다.

그간 제법 사용한 흑운을 손봐야 했다.

대장간은 더욱 더웠다. 이 더운 날에도 오히려 화로를 더욱 뜨겁게 피워 올렸다.

깡! 깡! 깡!

대장간의 망치 소리가 더운 열기를 뚫고 울렸다.

홍원은 그 열기에 아랑곳하지 않고 대장간 안으로 들어갔다. 황 노인은 망치질에 흠뻑 빠져 있었다.

홍원은 가만히 그 모습을 지켜보았다.

황 노인의 도제는 풀무질을 하다가 홍원을 발견했지만 아무 반응을 보이지 않았다.

한시라도 집중력이 흔들리면 당장 황 노인의 불호령이 떨어지기 때문이다.

칙, 치이익.

잠시 후 한창 두드리던 쇠를 살짝 물에 담근다 싶더니 곧이어 물속에 푹 담그자 쇠가 식는 소리가 요란하게 울리며 수증기가 피어올랐다.

황 노인은 집게를 들어 올려 한창 두드리던 쇠를 여기저기 살폈다.

낫이었다.

"흠, 이만하면 담금질까지는 잘되었어. 뜨임은 네가 하거라."

황 노인은 도제에게 집게째로 낫을 넘겨주고는 허리를 폈다.

"오래 기다렸지?"

황 노인이 몸을 돌리며 홍원에게 물었다.

"제가 왔는지 아셨습니까?"

"좀 전에 불꽃이 살짝 흔들리기에 누군가 왔구나 했지. 그래도 이제 저 녀석도 제법 늘었어. 예전에는 집중력이 너무 쉽게 깨지고 해서 많이 혼났는데 말이야. 허허."

황 노인은 뜨임을 하기 위한 적당한 온도로 불을 맞추기 위해 한참 화로를 집중해 살피는 도제를 바라보며 말했다.

"더운데 나가자."

홍원은 황 노인을 따라 대장간 밖으로 나왔다.

후덥지근한 바람이 불어왔다. 하지만 더욱 더운 대장간 안에 있다가 나와서인지 그 바람마저 시원하게 느껴졌다.

"후우, 좋구나."

황 노인이 땀을 닦으며 말했다.

"그래, 무슨 일이냐?"

황 노인의 물음에 홍원이 허리의 검을 풀어 황 노인에게 건넸다.

"한번 손질을 해야 할 것 같아서요."

황 노인은 흑운을 받아 들어 천천히 뽑아 들었다.

칠흑같은 검신이 그 모습을 드러냈다. 황 노인은 고개를 끄덕이며 검을 바라보았다.

"음, 한번 손질을 해야겠구나. 사용을 했으니 그에 맞게 한번 손을 봐야지."

황 노인은 흑운이 피를 먹었음을 돌려 말했다. 검이란 본디 살상을 위해 만들어진 도구다. 그것이 검의 본질이요, 존재 목적이다.

그 쓰임에 맞게 사용이 되었음을 말한 것이다.

"그나저나 지난번에 입혀준 겉옷이 사라졌구나."

"네. 사용하다 보니 그리 되었습니다."

홍원의 대답에 황 노인이 슬며시 웃었다.

"그렇지. 본질이란 잔재주로 가릴 수 없는 것이지. 본질은 어
찌하더라도 그 모습을 드러내게 되어 있으니, 그냥 그대로 두
는 것이 좋은 법이야."

홍원은 황 노인의 말을 가만히 들었다.

가끔 황 노인은 이렇게 깊이가 있는 말을 했다.

"그렇지요."

홍원도 빙그레 웃으며 말했다. 지난번과는 달리 이번에는 무
언가 알고 있다는 듯한 얼굴이다.

"녀석."

황 노인은 그 모습을 보며 피식 웃었다.

홍원을 보고 있으면 웃을 일이 많아지는 듯했다.

"천천히 할 테니 열흘쯤 후에 찾으러 오너라."

"알겠습니다."

홍원은 흑운을 맡기고는 대장간에서 돌아 나왔다.

시간을 가늠해 보니 학관이 마칠 시간이 된 듯했다. 홍원의
걸음이 학관으로 향했다.

학관 입구에 도착하니 묵린이 녀석이 먼저 와 있었다.

"녀석."

홍원이 온 것을 알아차린 묵린이 홍원의 곁으로 다가와 꼬리를 흔들었다. 홍원은 천천히 묵린의 머리를 쓰다듬었다.

요즘은 이렇게 학관의 등하교만 묵린이 함께하는 듯했다.

그러니 자신이 돌아왔을 때 집을 지키고 있었던 것이다.

신시(申時)를 알리는 종소리가 들렸다.

종이 울리고 잠시 후 아이들이 삼삼오오 학관의 문을 나서고 있었다.

그중에는 동생들도 있었다.

동생들은 여전히 모용혜와 아연과 함께였다.

"오라버니!"

홍원을 가장 먼저 발견한 이는 홍해였다.

홍해는 헐레벌떡 달려와 홍원의 품에 포옥 안겼다. 홍산도 홍원에게로 다가왔다.

두 아이 모두 얼굴에 반가움이 가득했다.

"잘 지냈지?"

"네!"

홍원의 물음에 두 아이는 동시에 답했다.

"그럼 이제 돌아가자꾸나."

귀가길은 늘 가던 경로대로였다. 그렇게 아연과 모용혜의 집을 거쳐 홍원의 집으로 향했다.

묵린의 등에 올라탄 홍해의 입은 쉬지 않고 움직였다.

그간 있었던 일을 홍원에게 말하느라 바쁜 것이다.

그날 저녁은 푸짐했다.

모처럼 집으로 돌아온 아들을 위해 어머니께서 솜씨를 발휘하신 것이다.

홍원은 오랜만의 포식에 기분 좋게 배를 두드렸다.

저녁 늦은 시간이 되었건만 아직 밖은 밝았다.

여름답게 해가 길었다.

그래도 이제 더위가 한결 가셨다. 내일은 또 얼마나 더울까.

그런 생각을 하며 홍원은 마당을 바라보았다.

그때 진구와 종현이 홍원의 집을 찾았다.

진구가 종현을 끌고 온 것이다. 오랜만에 친구가 돌아왔으니 당연한 걸음이다.

"왔냐?"

홍원이 싸리문 앞에서 친구들을 맞았다.

"멀쩡하네."

종현이 홍원을 보며 말했다. 그 말에 홍원은 그저 웃었다.

"술 한잔하기에는 날이 너무 밝은데?"

홍원이 진구를 보며 말했다. 이들의 방문 목적은 뻔했으니까.

"그럼 겨울에는 밥때 전에 술 마시려는 거냐? 어서 가자."

두 친구는 어머니께 인사를 드리고 홍원을 잡아끌었다.

주막 마당에는 천막이 크게 드리워 있었다.

이런 더운 여름날에는 저러지 않으면 마당에는 손님이 없을 법도 했다.

평상에 자리를 잡기 무섭게 물방울이 송송 맺힌 술병이 나왔다.

지난번에도 느꼈지만, 이 여름에도 이렇게 차가운 술을 내올 수 있다니 빙고가 많이 늘어난 것 같았다.

"카아!"

어느새 시원한 탁주 한 사발을 들이켠 진구가 감탄사를 토해냈다.

"내가 이 맛에 술을 못 끊지."

홍원도 시원하게 탁주를 들이켰다.

이 더운 날, 이 시원한 맛이라면 술을 못 끊을 이유가 충분할 것 같았다.

'집에 빙고를 하나 만들어둘까?'

시원한 술을 마시니 문득 그런 생각이 떠올랐다. 홍원은 집에 작은 빙고를 지을 만한 자리가 있는지 곰곰이 생각해 봤다.

"무슨 생각해?"

그때 종현이 물었다.

"응? 아, 아니."

세 사람의 잔이 부딪혔다.

"철우는?"

"표행이지, 뭐. 모레쯤 돌아올 거다."

홍원의 물음에 진구가 답했다.

"비영이 녀석은 잘 지내지?"

홍원은 문득 비영이 떠올랐다. 읍성을 떠나기 전에 봤던 비영의 표정이 마음에 걸린 탓이다.

무언가 고민이 있는 얼굴이었다.

무슨 일인지 물어본다는 것이 자신의 일이 바빠 그냥 떠났었다.

"글쎄. 나는 모르지. 읍성에만 붙어 있으니."

진구가 답하며 종현을 바라보았다.

종현은 상행 때문에 종종 성현을 가니 비영을 자주 만났을 것이다.

"어때?"

홍원이 종현에게 물었다.

"뭐, 늘 똑같지."

종현의 대답에 홍원은 안심했다. 그때는 잠시 기분이 안 좋았던 모양이구나 그렇게 생각했다.

세 사람의 술자리는 늦게까지 이어졌다.

오랜만의 회포를 푸느라 그렇다. 별다른 이야기가 없음에도 그랬다.

사내 녀석들의 술자리가 그랬다.

홍원은 자정이 다 되어 가는 시간에야 집으로 향했다.

이미 어머니와 동생들은 깊은 잠에 빠져든 후다. 홍원은 우물가에서 땀을 씻어내고 자신의 방으로 들어갔다.

집에 돌아온 첫날이건만, 어제도 그제도 집에 있었던 듯한 기분이 들었다.

그래서 집이다.

홍원은 침상에 누워 눈을 감았다.

고요한 밤의 한가운데 그간의 피곤이 노곤하게 몰려왔다. 은은히 남은 술기운과 함께 홍원이 막 잠에 빠져들려 할 때.

집 밖의 인기척이 느껴졌다.

'무슨 일이지?'

홍원이 침상 밖으로 나왔다. 예전에도 한번 이런 적이 있었다.

홍원이 방 밖으로 나오자 싸리문 건너에 종현이 서 있었다.

홍원을 보고는 씨익 웃었다.

"어쩐 일이야? 조금 전에 헤어져 놓고. 이 밤에 그리 있으면 사람이 왔는지 어찌 알라고."

홍원이 종현에게 다가오며 말했다.

"네 녀석이라면, 여기에만 있어도 알 것 같았다."

종현의 말에 홍원은 어이없는 얼굴로 친구를 바라봤다.

"그러다 내가 안 나오면?"

"넌 나왔을 거야. 예전이라면 몰라도, 너랑 천화국을 다녀오면서 어렴풋이 알게 됐어."

종현은 확신을 가진 얼굴로 말했다.

그 여정에서 조심한다고 했지만 아마도 종현은 어느 정도 눈치를 챈 듯했다.

이무기와의 싸움만 놓고 보더라도 무언가 느낀 게 있을 것이다.

"그래서 무슨 일이야?"

"좀 걷자."

아미 자정이 넘은 시간이다. 홍원은 잠자코 종현과 함께 걸었다.

간간히 야간 순찰을 도는 병사들과 마주쳤지만 종현과 홍원의 얼굴을 잘 아는 이들이었기에 별다른 문제는 없었다.

늦은 밤 문을 열고 있는 작은 주점을 찾아 들어갔다.

지난겨울 천화국으로 떠날 때 들른 곳과는 또 다른 곳이다.

"네가 떠난 사이 생긴 곳이다."

종현이 자리에 앉으며 말했다. 고즈넉하고 조용한 주점이다.

주점의 주인으로 보이는 노인이 술 한 병과 간단한 안줏거리를 놓고는 주방으로 들어갔다.

작은 주점이지만 사람이라고는 홍원과 종현 둘이 전부였다.

"이래서 장사가 되는 건가?"

홍원이 둘러보면서 말했다.

"성현성에서 은퇴한 상단 어른이 소일거리 삼아서 하는 거야."

종현의 말에 홍원의 시선이 주방으로 향했다. 주방 안쪽에 자리했는지 노인이 보이지는 않았다.

"늦은 밤에 이런 곳을 찾는 이들이 없지는 않거든. 뭐, 돈을 벌 수 있을 정도는 아니지만 이미 돈이 의미가 없는 분이시라."

종현은 술을 한 잔 들이켰다. 홍원은 그런 친구를 걱정스러운 얼굴로 바라보았다.

"너무 많이 마시는 거 아냐? 아까부터?"

홍원의 물음에 종현은 싱긋 웃었다.

"마셔봐."

친구의 권유에 홍원이 술잔을 입으로 가져갔다.

"응?"

산뜻하고 개운했다. 그러면서 주독은 약했다. 가볍게 입가심으로 마시기 좋은 술이다.

홍원의 그런 반응을 예상했다는 듯 종현은 빙그레 웃었다.

"깊은 밤에 딱 어울리는 술이야. 가볍게 한잔하고 집에 가서 잠들기에 좋은 술이지. 이 집에서 술은 이거 하나밖에 없어."

종현의 말에 홍원은 고개를 끄덕였다. 그리고 종현을 바라보며 입을 열었다.

"그래서 무슨 일이야?"

서론은 이쯤이면 충분했다. 분명 자신을 찾은 이유가 있을 것이다.

헤어진 후 얼마 되지 않아 자신의 집으로 홀로 온 것을 보면 말이다.

"아까는 진구 녀석이 있어서 말을 못 했다."

홍원은 묵묵히 종현을 보고 있었다.

"비영이 녀석 일이다."

"비영이?"

종현의 말에 홍원은 되물었다. 종현은 작게 고개를 끄덕였다.

"요즘 그 녀석 사정이 좀 좋지가 않아."

"무슨 일로?"

종현의 말에 홍원은 마지막으로 봤던 비영의 안색을 떠올렸다. 역시 잘못 본 것이 아니었다.

"후우. 이야기하자면 긴데… 너 혹시 사혈궁의 소궁주인 교하운이라는 사람에 대해서 알고 있어?"

홍원은 고개를 끄덕였다.

모를 수가 없는 유명한 사람이다. 하지만 홍원의 머릿속에 있는 교하운에 대한 정보는 꿈속의 그것이다.

꿈속에서도 그에 대한 소문은 귀가 따갑게 들었다. 아쉽게도 마주친 적은 없었다. 사혈궁에서 분탕질을 칠 때도 그를 보지 못했었다.

"그럼 그의 기벽에 대해서도 알고 있어?"

홍원은 고개를 저었다.

뛰어난 인물이라는 소문은 많이 들었지만 그 외의 이야기는 모른다.

"하긴, 사혈궁에서 쉬쉬할 테니까. 알고 있는 사람도 섣불리 입을 못 놀리지. 더군다나 이쪽은 사혈궁의 세력권이니까."

종현은 이해한다는 듯 말했다.

"그가 가진 기벽이 미식이야. 음식의 맛에 굉장히 집착하고, 맛있는 것, 특이한 음식이 있다면 어디든 찾아가서 맛보고 말지."

"그래? 뛰어난 무인치고는 좀 신기한 기벽이로군."

"스스로 식도락이라 하는데… 거기에 그가 가진 역마살까지 더해져서 정말로 천하 방방곡곡을 다니지. 사혈궁의 소궁주라는 신분까지 있으니 거칠 것이 없어."

"흐음."

"뭐, 그래도 공명정대하고 협을 아는 인물인지라… 그가 사람들에게 피해를 주거나 그러지는 않아. 심지어 기대하고 왔던 음식이 맛이 없을 때도 그냥 조용히 일어나지."

홍원은 종현의 이야기를 묵묵히 들었다.

비영의 어두웠던 안색은 분명 저 교하운이라는 사람과 관련이 있을 것이다. 비영은 솜씨 좋은 숙수고, 교하운은 맛있는 음식을 좋아하는 인물이니까.

"그런데 문제는 그의 신분이야. 무려 사혈궁의 소궁주다. 황실에서 인정한 왕이 될 수 있는 인물이야. 그러다 보니 그가 방문하는 성의 성주나 고위 관료들이 그에게 잘 보이려고 성내 숙수들 닦달을 해."

무슨 말인지 알 것 같았다.

성주나 관료들의 횡포. 그것이 비영에게도 일어나고 있는 것이다.

교하운에게 그에 대해 말을 한다면 막아줄 수 있겠지만, 그가 떠나고 나면 막아줄 사람이 없었다.

그래서 그저 감내해야 하는 것이다.

"성현성의 성주가 비영을 괴롭히는 모양이군."

홍원의 말에 종현은 어두운 얼굴로 고개를 끄덕였다.

"교하운이 비영의 요리를 아주 마음에 들어 한다더라. 사혈궁으로 같이 가자고 할 만큼."

그 말에 홍원의 눈이 커졌다.

그는 자신의 친구의 요리가 굉장히 맛있었지만, 그 정도 수준일 거라고는 생각 못 한 탓이다.

"그럼 같이 가면 해결될 문제 아닌가? 아, 세연객잔 식구들 때문에?"

홍원의 물음에 종현은 고개를 저었다.

"원한다면 세연객잔 식구들도 함께 갈 수 있게 해준다고 했는데, 비영이 녀석이 고향을 떠나기 싫다고 했다네."

그 말에 홍원은 빙긋 웃었다. 녀석다운 행동이었기 때문이다.

"사혈궁의 소궁주가 그렇게 총애하는데, 대체 왜 성주가 괴롭히는 거지?"

"식재료 때문이지."

"식재료?"

홍원의 물음에 종현이 한숨을 내쉬었다.

"그래. 어디서 들은 건지 모르겠는데 향산 북면의 마수가 별미라는 이야기를 들었나 봐. 그래서 혹시 마수 고기를 먹을 수 있나 하고 성현성에 온 거지."

홍원은 그 말에 눈살을 찌푸렸다.

마수 고기라니. 마수는 향산 북면의 마기에 침습당한 동물들이다. 그런 녀석들의 고기를 사람이 먹을 수 있을 리가 없다.

"대체 어디서 그런 뜬소문이……."

"나도 모르지. 그런데 소궁주가 성현성에 온 걸 안 해미성의 성주가 마수 고기는 해미성이 더 구하기 쉽다고 사람을 보낸 거야."

"충성 경쟁이로군."

"그렇지."

종현이 어이가 없다는 듯 말했다.

"그래서 결과는?"

"해미성에서 마수 한 마리를 잡기는 했는데… 요즘 날씨가 날씨다 보니, 해미성에 당도했을 때는 먹을 수 없을 만큼 썩었다더군. 다른 동물들에 비해 부패 속도가 두 배는 빠르다고 해."

"설마?"

그 이야기를 들은 홍원은 머리를 스치는 생각이 있었다. 너무나 어이없는 일이었기에 차마 입 밖으로 뱉지는 못했다.

"그 설마다. 해미성에서 실패한 것과 그 원인을 알게 된 성현성 성주가… 비영이 보고 마수 사냥단에 합류하라고 압박하나봐. 잡은 즉시 손질해서, 썩지 않는 보존식으로 가공해서 성현성으로 가지고 와서 요리하라고."

"허……."

말이 안 나왔다.

일개 요리사를 그 마굴로 밀어 넣으려 하다니. 오직 자신의 출세를 위해서 말이다.

"교하운이 그걸 알고도 마수 고기를 먹겠다고 하는 건가?"

홍원의 물음에 종현은 고개를 가로저었다.

"그는 아직 해미성에 있어. 혹시나 하고 다른 마수 고기를 기다리고 있지. 그 소식을 들은 성현성주가 몸이 달아서 멋대로 날뛰는 거고."

"후우."

답답해서 절로 한숨이 나왔다. 홍원은 천천히 종현의 말을 정리해 보았다.

결론은 간단했다.

권력을 가지고, 더 많은 권력을 바라는 이들은 왜 이리 하나같이 쓰레기들일까.

그러던 중 이상한 것을 깨달았다. 홍원이 비영의 얼굴이 어둡다 생각했던 것은 지난겨울의 일이다.

지금 일어나고 있는 일과는 상관이 없을 때다. 그렇다면 그때는 왜 그랬을까.

"그러면 지난겨울 읍성에 왔을 때는 왜 그랬데?"

"아, 그때? 역시 너도 알아봤구나. 그 녀석 얼굴을."

홍원의 물음에 종현이 말했다.

"도망 온 거야, 그때는. 휴가 핑계로. 소궁주가 자신의 음식을 너무 마음에 들어 하니까 부담감에 못 이기고. 자신은 그냥 시골 작은 객잔의 숙수일 뿐인데, 그런 대단한 사람이 연신 칭찬을 하면서 자꾸 찾아오니까 말이야."

"허."

이건 이거대로 어이가 없었다. 그 녀석이 살짝 심약한 면이 있는 것은 알고 있었지만, 그런 이유로 고향으로 왔었다니.

"그건 해결이 된 모양이네."

"고향 와서 친구들 보니까 괜찮아졌다고 하더라. 그리고 그날 밤의 경험도 큰 도움이 되었고."

아마 철우 집의 지하실에서 하룻밤을 보낸 일을 말하는 것이리라.

"그런데 교하운이 네가 말한 대로의 인물이라면, 마수 사냥도 충분히 도와줄 것 같은데."

"바로 봤어. 해미성에서 마수 사냥에 그의 수하들이 함께하고 있어. 성현성의 성주는 욕심에 눈이 멀어, 그의 도움 없이 자신의 힘으로 모든 것을 마련했다고 생색을 내려고 그러는 거지."

"쓰레기네."

"쓰레기지."

홍원의 말에 종현이 맞장구를 쳤다.

두 사람은 묵묵히 술을 들이켰다. 홍원은 왠지 이 술로는 지금 가슴에 피어오르는 심화를 다스릴 수 없을 것 같았다.

조금 더 독한 술이 필요했다. 이곳에는 없는.

"결국 네가 날 찾은 건… 비영과 함께 마수 사냥을 가달라는 거겠군."

"비영이는 계속 이곳에서 살고 싶어 하니까… 더럽지만 방법이 없지."

종현이 자조적으로 중얼거렸다.

"그런데 왜 하필 나냐?"

홍원의 물음에 종현이 빙그레 웃었다.

"너라면 안심이 되니까. 너라면 비영과 함께 아무 일 없이 잘 돌아올 것 같아서. 내가 보고 겪은 너라면 말이야."

그 말에 홍원은 다시 한 번 피식 웃었다.

"알았다. 날이 밝는 대로 성현성으로 가볼게."

그 말에 종현이 살짝 놀랐다.

홍원이 이렇게 쉽게 결정을 내릴 줄은 몰랐던 것이다. 좀 더 고민을 할 거라 생각했다.

"왜 그래?"

그런 종현의 기색에 홍원이 물었다.

"아니, 조금 더 고민할 줄 알았다. 내 경험상 너는 왠지 숨어 있으려고 하는 거 같아서."

"친구 일인데 그럴 수는 없지."

"그래서 날 기절시켰고?"

홍원의 대답에 돌아온 물음. 남면에서의 일을 묻고 있었다. 갑작스레 정신을 잃었던 그때. 아마도 홍원이 그런 것이 아닐까 하고 생각하고 있었다.

천화국의 여정을 마치고 나서 자신의 친구에 대한 생각이 많아졌고, 그 결과 나온 추측이었다.

"널 위해서였어."

홍원이 빙그레 웃으며 말했다. 이렇게 순순히 인정할 줄은 몰랐는지 종현은 의외라는 얼굴을 했다.

"달라졌네."

"그래."

왜 달라졌는지는 알 수 없었다. 하지만 종현의 눈에 보이는 친구의 웃음이 이전보다 더 편안하고 자연스러워진 것 같았다.

'그거면 됐지.'

종현은 마음속으로 그리 생각하며 마지막 잔을 비웠다.

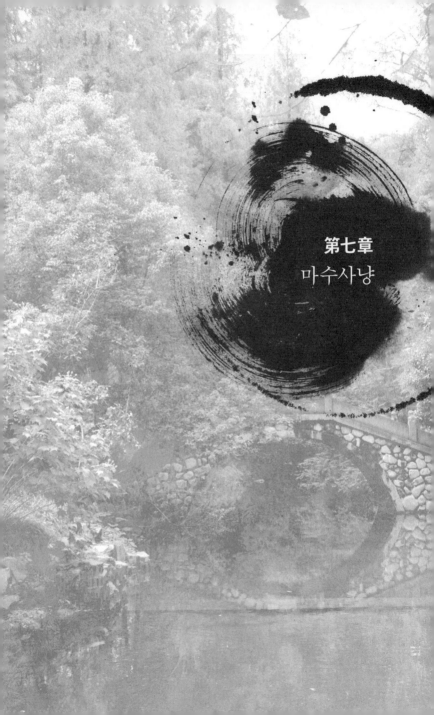

第七章

마수사냥

아침이 밝았다.

아침부터 뜨거운 햇살이 내려쬐는 것이 완연한 여름이다.

홍원은 어머니께 사정을 말씀드리고 집을 나섰다. 몇 달 만에 집에 돌아온 바로 다음 날 다시 떠나는 것인지라 섭섭함을 감추지 않으셨다.

그래도 친구 일이니 잘 도와주고 몸조심하라는 말씀으로 홍원을 보내주셨다.

읍성의 동문을 나서는데, 진구의 모습은 보이지 않았다.

'근무 시간이 아닌가 보네.'

급히 떠나는 것이라 제대로 인사도 못 하고 가는 것이 조금 마음에 걸렸다. 그래도 종현이 잘 이야기해 주겠지 라고 생각하며 걸음을 옮겼다.

성현성으로 향하는 관도를 걷고 있으니 간간히 읍성으로 오는 상인들을 볼 수 있었다.

모용연과 모용혜가 읍성에 자리 잡은 이후 읍성을 오가는 사람이 조금 늘어난 것 같았다. 그리고 성내에도 이전과 다른 활기가 도는 것 같았다.

그러고 보니 모용연 일행이 어찌 되었는지 문득 생각났다.

숭무련의 무림 대회는 어떻게 치러졌고, 꿈속과 같이 구양대검이 우승했다는 풍문은 들었다.

휴양차 읍성에 왔다지만, 어느새 모용혜는 읍성의 아이가 된 느낌도 들었다. 그러다 보니 모용연 일행의 안부가 문득 궁금해진 것이다.

"뭐, 차차 알게 되겠지."

홍원은 느긋하게 관도를 따라 걸었다. 마음이 급했지만 사람들이 오가는 관도에서 경공을 펼칠 수도 없는 노릇이다.

어차피 칠 일 거리다. 밤에도 부지런히 움직이면 그보다는 빨리 성현성에 도착할 것이기에 홍원은 부지런히 걸음을 옮길 뿐이다.

그렇게 쉼 없이 걸어 유시 경에 홍원은 세연객잔 앞에 설 수 있었다.

이제 한창 저녁 장사를 할 시간이건만 객잔의 문은 굳게 닫혀 있었다.

휴업이라는 팻말이 홍원을 맞았다.

"녀석, 고생이 이만저만이 아닌 모양이네."

그 팻말에서 홍원은 비영의 고생을 느낄 수 있었다.

사람들에게 맛있는 식사를 해주는 것을 삶의 낙이요, 업으로 삼고 사는 친구다.

그런 친구가 휴업 팻말을 걸고 객잔 안에 숨을 정도면 대체 얼마나 힘들다는 말인가.

쾅, 쾅, 쾅.

홍원이 객잔의 문을 두드렸다.

그러고 잠시 기다리자 문이 살짝 열리며 점소이가 얼굴을 내밀었다.

"숙수님 건강이 안 좋으셔서 당분간은 장사를 못 합니다."

점소이의 말에 홍원의 안색이 조금 더 어두워졌다.

"비영의 친구입니다. 홍원이 찾아왔다고 좀 전해주십시오."

그 말에 점소이는 홍원의 얼굴을 다시 봤다.

"아! 예전에 오셨던 적이 있으시죠?"

점소이는 홍원의 얼굴을 금세 떠올렸다. 홍원이 고개를 끄덕이자 그는 홍원의 손을 잡아끌고 객잔 안으로 들어갔다.

"숙수님께 전할 필요도 없습니다. 제발 저희 숙수님 좀 도와주세요."

점소이는 걱정 가득한 얼굴로 홍원에게 부탁했다.

"비영은 어디에 있습니까?"

점소이가 홍원을 주방 입구로 데리고 갔다. 주방은 썰렁했다.

그 가운데 멍한 얼굴의 비영이 힘없이 앉아 있었다.

"허……."

그런 비영의 모습에 홍원은 깜짝 놀랐다.

얼굴은 반쪽이 되어 있었고, 안색도 거무튀튀했다.

곧 죽을 사람같이 보였다.

"비영아, 이게 대체 무슨 꼴이냐?"

홍원의 외침에 비영의 시선이 그를 향했다.

"아? 홍원이 왔구나."

홍원을 반기는 그의 목소리에 힘이라고는 하나도 없었다. 홍원의 방문에 객잔 식구들이 하나둘 모습을 드러냈다.

그들은 모두 홍원에게 눈으로 말하고 있었다. 제발 비영을 도와달라고.

고향의 죽마고우가 찾아왔으니, 비영이 조금이라도 힘을 낼 수 있게 해달라는 그런 간절한 눈빛이다.

그중 우문세연의 눈빛이 가장 간절했다. 금세 눈물이라도 뚝뚝 흘릴 것 같은 얼굴이다.

"녀석. 대체 어찌 지내기에 산송장이 돼서 이러고 앉아 있냐?"

홍원이 주방으로 들어가며 말했다.

"응? 흐, 구할 수 없는 식재료를 구해야 하는 숙수의 고통이라고 할까… 도대체 길이 안 보이니……."

비영이 힘없이 말했다.

"종현에게 대강 이야기는 들었다. 일이 어찌 돼가는 거냐?"

홍원의 물음에 여전히 기운 없는 목소리로 비영이 대답했다.

"매일같이 성주가 사람을 보내. 어서 북면으로 가라고. 그런데 제대로 된 사냥꾼들도 없어. 병사들도 안 가려고 하고. 성주는 그걸 전부 내 탓으로 돌려. 마수를 손질할 숙수가 없으면 사냥꾼과 병사들이 마수를 잡아도 헛수고이니 누가 가려 하겠냐면서……."

"해미성에 사람을 보내보지 그랬어?"

비영이 고개를 가로저었다.

"소궁주님이 알아서 지금 도움을 준다고 해도, 성주에게 찍히기만 하지… 아예 저 성주를 멀리 쫓아낸다면 모를까."

"그래도 소궁주면… 그 정도의 힘은 있지 않을까? 멀리 쫓아낼. 이곳은 사혈궁의 세력권이니까."

홍원의 말에 비영은 다시 한 번 가로저었다.

"지난 무림 대회 때 사혈궁 대공자가 크게 다친 일로, 궁주와 소궁주의 사이가 좋지 않다는 소문이야. 소궁주가 성주를 쫓아내려 해도 아마 궁주가 허락하지 않을 거야."

'허.'

비영의 말에 홍원은 속으로 한탄했다. 자신이 행한 일이 이런 식으로 자신의 친구에게 영향을 미칠 것이라고는 생각도 못 했기 때문이다.

"가뜩이나 궁을 비우고 떠도는 소궁주를 궁주가 마음에 들어 하지 않았는데, 이번에 대공자 일로 완전히 틀어졌다나 봐. 흉수도 못 잡고, 궁으로 가지도 않았으니까. 그러니 소궁주에게 도움을 요청해 봤자, 잠깐 막아주는 정도일 거야."

비영의 말에 홍원은 고개를 갸웃거렸다.

"그런데 왜 성주는 그런 소궁주에게 잘 보이려 하는 거지?"

"궁주의 나이가 나이니까. 궁주와 소궁주의 사이가 틀어졌다해도… 소궁주임에는 변함이 없잖아. 어차피 다음 궁주가 될사람이니까."

"들리는 소궁주의 성품으로는… 그래봐야 출세에 아무 영향이 없을 것 같은데."

홍원의 말에 비영이 쓴웃음을 지었다.

"높으신 양반들 생각이야 우리가 알 수가 있나, 후우."

그 말대로다.

"그래서 어떻게 할 거야?"

홍원의 물음에 비영은 그저 고개를 숙이고 한숨을 쉴 뿐이다. 방법이 보이지 않는 탓이다.

"가자."

홍원이 대뜸 말했다.

"어디를?"

홍원의 말에 비영이 되물었다.

"북면."

홍원이 짧게 대답했다. 비영의 두 눈이 더 이상 커질 수 없을 만큼 크게 뜨였다.

"무슨 소리야. 북면에를 가자니!"

비영이 약간 화가 난 듯한 목소리로 말했다. 그럴 수밖에 없었다. 비영은 홍원의 실력을 모르니, 그에게는 죽으러 가자는소리로밖에 들리지 않았기 때문이다.

"걱정 마라. 종현이에게 듣고 너 도와주러 온 거다. 북면에서 마수 사냥 충분히 할 수 있어."

홍원이 자신만만한 얼굴로 웃으며 말했다.

비영은 그런 홍원의 눈을 똑바로 바라보았다. 얼마나 시간이 흘렀을까.

"후우. 알았다."

홍원의 흔들림 없는 두 눈을 보면서 비영은 자신의 친구가 허언을 하고 있는 것이 아님을 알 수 있었다.

홍원은 어릴 적부터 그런 친구였으니까.

비영의 대답에 홍원은 씨익 웃었다. 그러고는 비영을 위아래로 찬찬히 살폈다.

"일단 뭣 좀 먹고, 며칠 쉬었다가 가자. 지금은 너 향산 자락에 가기도 전에 죽을 것 같다."

그리고 홍원은 주방을 빠져나왔다.

객잔 식구들이 모두 긴장한 얼굴로 그런 홍원을 보았다. 주방에서의 대화가 그들에게는 들리지 않은 탓이다.

"저……."

우문세연이 조심스레 홍원에게 무언가 말을 꺼내려 하였다.

그때.

탁탁탁탁. 탁탁탁탁.

칼이 도마를 두드리는 소리가 주방에서 울리기 시작했다.

모두들 깜짝 놀란 얼굴로 주방을 바라보았다.

우문세연의 눈에서는 결국 눈물이 흘러내렸다.

"괜찮을 겁니다. 너무 걱정하지 마세요."

홍원이 웃으며 말했다. 우문세연은 그 말에 가만히 고개를 끄덕였다.

"자네 며칠 묵었다 갈 게지?"

객잔주가 물었다.

"아무래도 그래야 할 것 같습니다."

홍원의 대답에 우문 객잔주는 점소이를 시켜 위층으로 보냈다.

"잠시만 기다리게. 위에 방을 마련해 줄 터이니."

"감사합니다."

홍원은 객잔주의 호의를 거절하지 않았다. 어차피 비영을 지켜보면서 데리고 가려면 이곳에 머무는 것이 좋았다.

오래지 않아 주방에서 맛있는 냄새가 솔솔 풍기기 시작했다.

모처럼 객잔 식구들이 모두 모여 비영의 요리를 먹었다. 홍원도 오랜만에 친구의 요리를 먹었다. 역시나 가장 맛있는 음식이었다. 어머니의 음식을 제외한다면 말이다.

며칠이 흘렀다.

그사이 비영은 체력을 제법 회복했다.

객잔은 여전히 영업을 하지 않았다. 비영이 곧 홍원과 향산으로 떠난다는 사실을 객잔 식구들 모두 알고 있었다.

오랜만에 요리를 한 그날, 식사를 하면서 비영이 직접 말했다.

홍원은 일 층의 탁자에 앉아 조용히 차를 마시고 있었다. 향긋한 다향을 음미하고 있는데 눈앞에 그림자가 졌다.

우문세연이었다.

"무슨 일이신지요?"

홍원의 물음에 그녀는 마주 앉으며 말했다.

"언제 떠나실 건가요?"

그녀의 목소리에는 정인에 대한 걱정이 가득했다.

"비영이 건강을 제법 회복했으니 내일 정도면 떠나야 하지 않을까 합니다."

"너무 빠른 것 아닌가요?"

날짜를 들은 우문세연의 두 눈이 잘게 떨렸다.

"걱정 마십시오. 제가 어찌 되는 한이 있어도 비영은 털끝 하나 다치지 않게 할 테니까요."

쾅! 쾅! 쾅!

홍원이 막 입을 땐 순간 객잔의 문을 거칠게 두드리는 손길이 있었다.

"그리고 저치들 때문에라도 빨리 가야지요."

홍원이 쓴웃음을 지으며 말했다. 우문세연의 얼굴에 어두운 기운이 드리웠다.

나가보지 않아도 문을 두드리는 사람이 누구인지 알 수 있었다.

성주가 보낸 사람들이다.

홍원이 세연객잔에 도착한 그날도 왔었다. 그 다음 날도.

정말로 매일같이 하루에 한 번은 찾아왔다.

홍원마저도 짜증이 날 정도이니 비영은 오죽했으랴.

어두운 얼굴로 자리에서 일어나 객잔의 문으로 향하는 우문 세연을 홍원이 만류했다.

"제가 나가보지요."

홍원이 자리에서 일어났다. 모처럼의 기분 좋은 다향이 싹 사라진 느낌이다.

문을 열자 뚱뚱하고 험상궂게 생긴 관리가 부리부리한 눈으로 한껏 노려보고 있었다.

"오늘도 오셨군요."

"넌 누구냐?"

홍원이 그를 맞은 것은 처음이었다. 세연객잔의 식구들 중에도 없는 얼굴이다.

홍원은 그가 객잔에 올 때마다 보았으나, 홍원은 그의 안중에도 없었던 모양이다.

"묵 숙수에게 고용된 사냥꾼입니다."

홍원의 대답에 관리의 얼굴이 변했다. 사냥꾼이라는 말 때문이다.

"그 말은?"

"네, 제가 묵 숙수와 함께 북면으로 갈 예정입니다."

"그래? 드디어 결심이 선 모양이군, 하하하. 진작 말했으면 성주님께서 솜씨 좋은 사냥꾼과 병사들을 준비해 주셨을 텐데 말이야."

관리는 기분 좋게 웃었다.

홍원은 그 말에 속으로만 쓴웃음을 지었다. 그렇게 준비한 자들과 함께 북면으로 갔다가는 자신의 친구는 백 중 백 죽을 테니까.

"그러시면 제 고용비를 성주님께서 부담해 주실 수 있으신지요?"

홍원이 조심스레 물었다. 그러자 관리가 정색을 했다.

"이미 묵 숙수와 계약한 것 아닌가? 그러면 묵 숙수에게 보수를 받아야지 왜 성주님께 떠넘기려 하느냐!"

혹시나 했는데 역시나였다.

차후에 혹시라도 사혈궁의 소궁주를 만나게 되면 반드시 성현성의 성주를 바꿔달라고 이야기를 해야 할 것 같았다.

이야기를 한다고 해서 이루어질지는 알 수 없지만 말이다.

"알겠습니다."

관리와 척을 져서 좋을 것은 없었기에 홍원은 한발 물러섰다.

"흠흠, 알면 됐다. 그러면 언제 떠날 것이냐?"

"내일 떠날 예정입니다."

홍원의 대답에 그는 만족한 웃음을 지었다.

"알겠다. 빨리 떠나 최대한 빠른 시일 안에 돌아와야 한다."

그 말을 남기고 관리는 몸을 돌려 객잔을 떠났다.

뚱뚱한 몸에 뒤뚱거리며 걷는 꼴이 무척이나 우스웠다.

"욕심은 많은데, 멍청하기까지 하군."

홍원이 낮게 중얼거리며 객잔으로 들어섰다.

자신과 비영이 이대로 해미성으로 가면 어찌하려고 그냥 어서 빨리 다녀오라 한단 말인가.

감시 역으로 사람을 붙일 것이라 생각했는데 너무 허무한 결과였다.

"아마 묵 가가가 절대 허튼짓은 안 할 거라고 믿고 있어서 그러는 걸 거예요."

홍원의 작은 혼잣말을 들은 것인지 우문세연이 말했다. 홍원은 의문이 담긴 시선으로 그녀를 바라보았다.

"저희가 성현성에 있는 한, 묵 가가는 절대 이곳을 떠나지 않을 테니까요. 그리고 이미 묵 가가가 고향을 떠나지 않겠노라 소궁주에게 이야기한 것도 알고 있고요."

멍청한 건지, 치밀한 건지, 자신만만한 건지 알 수 없는 성주다. 홍원에게는 상관없는 일이었다.

"가가라는 말 듣기 좋군요."

홍원의 그 말에 세연의 얼굴이 새빨갛게 변했다. 그사이 비영과의 관계에 진전이 상당히 있었는지 연인들 간에 사용하는 호칭을 사용하고 있었다.

홍원은 그것이 그저 기분이 좋았다.

친구에게 이렇게 훌륭한 짝이 있다는 사실이 그저 기쁜 것이다.

그렇게 하루가 지나가고 홍원과 비영은 성현성을 떠났다.

"곧바로 북면으로 가는 거냐?"

비영이 홍원에게 물었다.

동면을 거쳐 북면으로 간다고 하면 읍성을 거칠 것이고, 곧바로 북면으로 간다고 하면 해미성을 거칠 것이다.

해미성에 들린다면 교하운과 마주칠 수도 있었다. 읍성을 거치는 것도, 해미성을 거치는 것도 그다지 내키지 않았다.

홍원은 그런 비영의 심정을 알 수 있었다.

"그냥 가장 빠른 길로 향산으로 향할 거다. 힘든 여정이 될 거야."

홍원은 등짐을 잔뜩 지고 걸으며 말했다.

비영은 홀가분한 몸이다. 건강을 제법 회복했다고는 하나 많은 짐을 지고 긴 여정을 버틸 정도는 아니었다.

비영은 그저 자신의 요리 도구들만 챙겼을 뿐이다.

두 사람은 계속해서 걸었다.

홍원은 비영의 체력을 고려해서 속도를 적당히 조절했다.

덕분에 향산에 도착한 것은 성현성을 떠나고 여드레가 지난 후였다.

좀 느린 여정이었지만 덕분에 비영의 체력으로도 무리가 없었다.

"후우, 향산이구나."

산자락 입구에 도착했다. 긴장이 되는지 비영이 살짝 깊은 숨을 내쉬었다.

"이 부근은 아직 동면이야."

홍원이 산세를 둘러보며 말했다.

"이틀쯤 산길을 걸어가면 북면에 접어들 거다. 마음 단단히 먹어. 위험한 일은 없겠지만."

홍원이 담담하게 말했다.

비영은 홍원을 보며 고개를 끄덕였다. 그의 얼굴에는 친구를 향한 믿음이 가득했다.

"자, 들어가자."

홍원이 앞장서 걸음을 옮겼다.

일부러 산의 길로 들어서지 않았다. 동면에서는 굳이 그럴 필요가 없었다. 북면에 접어들게 되면 거의 산의 길을 통해 움직이게 되리라.

비영은 산속의 노숙에도 잘 적응했다. 그간의 여정에서 노숙을 한 경험 덕분인 듯했다.

그렇게 동면에서 이틀을 보냈다.

"내일이면 북면에 들어가는구나."

비영이 모닥불을 바라보며 말했다.

"그래. 네가 잘 따라와 줘서 예정대로 움직이고 있다."

홍원이 빙그레 웃으며 말했다.

"네 덕이지."

홍원의 말에 비영은 고개를 저었다.

"그런데 정말 괜찮은 거냐?"

비영이 홍원에게 물었다. 친구를 믿음에도 마음속에 남아 있는 일말의 불안이 다시금 고개를 들었다.

이제 곧 북면이라는 생각이 불안을 불러온 것이다.

"믿어. 괜찮아."

그렇게 그날 밤을 보냈다.

그리고 아침이 밝았다. 홍원은 산의 길로 비영을 이끌었다.

북면의 영역에 들었음에도 조용한 길이 계속됐다.

"어디부터 북면인 거야?"

비영이 잔뜩 긴장한 얼굴로 물었다. 목소리도 살짝 떨렸다.

그럴 수밖에 없었다.

향산 주변의 성 주민들에게 북면은 그야말로 절대금지가 아니던가.

"이미 북면이다."

홍원의 담담한 대답에 비영은 깜짝 놀랐다.

"뭐라고? 지금까지보다 더 조용한데?"

움직이기가 동면보다 훨씬 수월한 길이다.

그가 소문으로만 듣던 북면과는 전혀 달랐다. 북면은 보통 사람은 그냥 움직이고 힘든 험지에, 사나운 맹수는 물론 마수들이 득실대는 금지였다.

적어도 비영이 듣기로는 그랬다. 한데 지금 가고 있는 길은 조용하고, 평화로웠으며 평탄했다.

"사람들은 모르는 길이야. 나만 아는 길이고 나만 갈 수 있는 길."

홍원의 대답에 비영은 경탄이 가득한 눈길로 자신의 친구를 바라보았다.

친구를 믿고 있었지만, 설마 이런 길이 있을 거라고는 몰랐다.

"내 말대로만 하면 넌 아무 일 없을 거다."

친구의 그 말이 더없이 믿음직스러웠다.

그렇게 두 사람은 산의 길을 따라 걸었다.

홍원이 산의 길에 든 것은 오랜만의 일이다. 단리유화와 읍성을 떠난 이후 오늘이 처음이었다.

그사이 경지의 발전에 따른 영향일까. 새로운 감각이 느껴졌다.

산의 길 밖의 기운이 느껴지는 것이다. 예전에는 시각과 청각을 제외한 감각은 차단되었다.

그래서 묵린이 산의 길에 있는 홍원의 냄새를 못 맡지 않았던가. 그것은 묵린만이 아니라 홍원도 마찬가지였다.

산의 길에서는 바깥에 있는 이들의 기운을 제대로 느낄 수가 없었다.

그런데 지금은 달랐다.

일목요연하게 모든 것을 느낄 수 있었다.

'또 한 단계 발전한 게 분명해.'

홍원은 비영 몰래 나직이 미소 지었다. 수련을 하는 재미가 이럴 때 극대화된다.

스스로가 발전한 모습을 스스로가 깨달을 때.

이다음 단계는 또 어떤 변화가 있을지 못내 기대되었다.

비영은 모르고 있겠지만, 홍원은 벌써 네 마리의 마수의 기척을 느꼈다. 위치만 대강 확인하고 그냥 지나칠 뿐이다.

"그런데 어떤 마수를 잡아야 하는 거야?"

홍원이 물었다.

이제부터는 비영의 지식이 필요할 때다.

"적어도 내가 알기로는 마수의 고기는 먹을 게 못 되는데."

"나도 몰라. 마수 고기의 맛은커녕 난 마수 구경도 해본 적이 없어. 이제부터 하나하나 찾아봐야 해."

비영이 살짝 막막하다는 얼굴로 말했다.

"아무 마수나 잡아가서는 안 되겠군."

홍원의 말에 비영이 고개를 끄덕였다.

"그저 마수 고기를 먹고 싶다는 게 아니니까. 이왕이면 맛있는 마수 고기가 먹고 싶겠지."

교하운의 음식 취향은 비영이 잘 알고 있었다.

"그러면 마수 한두 마리로는 안 되겠군. 네가 직접 맛을 볼 거야?"

"식재료는 숙수가 직접 확인해야 해."

그 말을 할 때의 비영의 두 눈은 더없이 빛났다.

고수의 눈이었다.

홍원은 그런 눈을 할 수 있는 친구가 내심 자랑스러웠다.

"알았다. 일단 눈에 띄는 녀석 하나 잡아올 테니까. 꼼짝 말고 있어라. 무슨 소리가 들려도 여기서 꼼짝 말고 있으면 안진해."

홍원은 두 번, 세 번 당부했다. 홍원의 당부에 비영은 몇 번이고 고개를 끄덕였다.

"그럼 다녀오마."

홍원은 친구를 산의 길에 남겨두고 북면으로 진입했다.

대번에 자신을 향해 다가오는 기척들이 느껴졌다. 자신의 냄새를 맡은 녀석들일 게다.

가만히 향산의 기운을 살피니 마기가 유독 진해져 있었다.

지난번에 마기가 한창 약할 때와는 달랐다.

'마수가 날뛰는 시기겠군.'

향산의 기운에 홍원은 내심 안도했다. 산록을 만났을 때처럼 마수를 찾지 못할 일은 없을 듯했다.

그 생각을 한 직후.

머리에 뿔이 난 늑대가 홍원을 향해 달려들었다.

홍원은 이미 그 녀석의 기척을 느끼고 준비를 마친 후다. 슬쩍 몸을 틀어 피하고는 수강이 맺힌 손으로 단번에 목줄을 끊었다.

나름 강력한 마수일 텐데 너무나 허무하게 죽었다.

피 냄새를 맡았음인가. 몇몇 녀석들의 속도가 빨라졌다.

홍원은 잠시 고민했다. 지금 자신을 향해 오고 있는 녀석들마저 잡아갈 것인가, 일단 이 녀석만 가지고 갈 것인가.

비영을 생각하니 일단 이 한 마리만 먼저 가지고 가야 할 것 같았다.

홍원은 뿔이 난 늑대를 들쳐 메고 산의 길로 돌아왔다.

비영은 그야말로 깜짝 놀랐다.

친구가 떠난 지 이제 일각이 되었나 하는 순간, 거대한 늑대를 들쳐 메고 돌아왔으니까.

빨라도 너무 빨랐다.

"대, 대단하구나."

비영은 너무 놀라 말도 더듬었다.

"믿으라고 했잖아."

홍원이 뿔이 난 늑대를 바닥에 내려놓았다.

"이게 마수라 이거지."

일반적인 늑대의 두 배는 될 듯한 덩치에 날카롭게 솟은 뿔.

보통 동물은 아니었다.

비영이 자신의 손질용 칼을 빼 들고 마수를 향해 다가갔다. 그리고 일단 가죽을 벗기기 위해 칼을 그었으나, 가죽은 흠집도 나지 않았다.

깜짝 놀란 비영이 홍원을 쳐다보았다.

"아, 마수 가죽은 아마 네가 벗기기는 무리일 거다."

마수의 질긴 가죽을 떠올린 홍원이 비영에게 손을 뻗어 손질용 칼을 건네받았다.

"내가 할 테니까. 넌 지시만 해."

홍원이 칼을 내리 긋자 너무나 쉽게 마수의 가죽이 갈라졌다.

비영은 두 눈을 부릅뜨고 그 모습을 보았다.

같은 칼이건만, 어찌 이런 다른 결과가.

"너, 고수구나."

교하운이 세연객잔에 드나들며 말했던 것들을 들은 가락이 있었다.

무림이라는 세계를 전혀 모르던 비영은 그들 덕에 아주 조금 환상과 같은 세계의 이야기를 알게 되었다.

홍원이 빙긋 웃었다.

"고수지."

"전에 말한 것과는 다르네."

홍원이 담담히 말하자 비영이 의외라는 듯 물었다.

"여러 가지 사정이 있었고, 잡다한 생각들이 많았어. 이제 좀 정리가 됐고. 뭐, 너희 기준에서는 나름 고수야."

비영은 친구의 저런 당당한 모습이 보기 좋았다.

"역시. 너만 믿으라고 한 이유가 있었네. 진작 말을 해주지 그랬어."

"듣는 것보다야, 직접 봐야 믿음이 갈 테니까."

하긴 보통 사람의 상식을 넘어서는 일들은 듣는 것만으로는 믿음을 얻기 힘들다. 비영은 고개를 끄덕였다.

이렇게 눈으로 보지 않았더라면, 자신이 아무리 친구를 믿는다 하더라도 일말의 의구심은 있었을 것이다.

비영의 지시에 따라 홍원은 빠르게 손을 놀렸고, 가죽이 벗겨진 후 마수는 부위별로 적절히 해체가 되었다.

홍원이 굉장히 빠른 속도로 손질을 했음에도 이각(30분)이라는 시간이 흘렀다.

그때 홍원이 얼굴을 찡그렸다.

무언가 고약한 냄새를 맡은 것이다.

"무슨 냄새지?"

홍원의 물음에 비영이 고기를 가리키며 말했다.

"벌써 썩고 있어."

비영은 깜짝 놀란 얼굴로 말했다.

부패가 빠르다는 이야기는 들었지만, 이 정도일 줄은 몰랐다.

"이래서는 보존 처리가 불가능한데……."

비영이 난감하다는 얼굴로 말했다.

이제는 고기의 맛이 문제가 아니었다. 고기를 해체하고 손질하자마자 부패가 시작되어 버리다니, 이건 절대 먹을 수가 없을 것 같았다.

홍원이 심각한 얼굴로 고기를 바라보았다.

이건 자연스러운 현상이 아니었다. 무언가 다른 원인이 있는 것 같았다.

아무리 마수가 부패가 빠르다고 해도 이건 너무나 비상식적인 속도가 아닌가.

홍원이 가만히 마수의 고기를 살폈다.

그러자 무언가 보였다. 향산의 기운을 볼 수 있는 눈이 고기 속 기운의 흐름을 보고 있었다.

한 기운이 쉬지 않고 빠져나오고 있었다.

'마기다.'

홍원은 고기에서 끊임없이 마기가 빠져나가는 것을 발견했다.

마기에 물든 마수.

마수에게서 마기가 빠져나가는 만큼 고기가 썩고 있었다.

'한번 시험해 봐야겠군.'

홍원은 고기 몇 덩이를 챙겼다.

"잠깐만 기다리고 있어."

곧장 산의 길을 벗어나 북면으로 진입했다. 가만히 고기를 내려다 보니 빠져나오는 마기의 양이 확연히 줄었다. 아니, 거의 빠져나오지 않았다.

"흐음."

마기의 농도와 관련이 있는 것 같았다.

"아마 해미성에서 잡았다는 마수도 북면을 벗어난 후 급격히 썩었겠군."

마기가 빠져나가면 썩는다. 그렇다면 썩지 않게 하더라도 문제다.

마기가 가득한 고기를 먹게 하는 것이니 말이다.

"어렵군."

홍원은 어두운 얼굴로 비영에게로 돌아왔다.

"뭐 때문에 그런 거야?"

비영이 물었다. 친구의 갑작스러운 행동에도 참을성 있게 기다렸다.

"아무래도 고기가 쉽게 부패하는 이유를 알아낸 것 같다."

비영이 두 눈을 빛내며 홍원을 바라보았다.

"그걸 알려면 먼저 마수가 어떻게 생기는지부터 알아야 해. 왜 북면에만 유독 마수가 있는지."

홍원은 천천히 비영에게 설명을 시작했다.

비영은 한 글자도 놓치지 않겠다는 얼굴로 집중해서 홍원의 설명을 들었다.

이윽고 홍원의 설명이 끝났을 때.

비영은 벌어진 입을 다물지를 못했다. 그로서는 너무나 놀라운 이야기였으니까.

"보통의 동물이 마기의 침습을 받아 마수가 되는 거고. 그런

마수가 죽으면 몸에서 마기가 빠져나가면서 고기가 썩는 거라
니……."

곤란했다.

그렇다면 마수는 먹을 수 있는 게 아니다.

"난감하네."

비영이 중얼거렸다.

"그래."

홍원이 답했다. 그러면서 바닥에 손질해 둔 고기를 바라보았
다.

어느새 새까맣게 썩어 있었다.

'어떻게 해야 할까?'

고민을 해봐도 답은 나오지 않았다. 그렇다고 이대로 돌아가
기에는 무언가 허망했다.

성현성의 성주라는 인간은 사실을 이야기해도 믿지 않을 테
니까. 그저 핑계와 변명이라 생각할 것이다.

"일단 이것저것 시도해 보자."

어두운 안색의 비영을 보며 홍원이 말했다.

"여기서 꼼짝 말고 기다려."

홍원은 곧장 산의 길을 벗어났다. 그리고 눈에 띄는 마수의
목을 일수에 베었다.

피를 흘리며 그대로 절명한 마수를 홍원은 그 자리에서 해
체했다. 비영의 식칼을 챙겨온 것이다.

홍원이 해체하는 동안 몇몇 마수들이 피 냄새를 맡고 다가

왔지만 감히 덤벼들지는 못했다.

홍원이 사방으로 뿜어내는 살기와 투기를 이겨낼 만한 녀석은 없었던 것이다.

마수를 해체하는 손길은 번개같이 빨랐다. 순식간에 가죽이 벗겨지고, 뼈들이 해체되었다. 그렇게 손질한 고기를 살펴보니 아무 이상이 없었다.

동네 푸줏간에서 흔히 볼 수 있는 고기의 모습이다.

홍원은 그 고기를 들고 다시 산의 길로 들어섰다.

"뭐야? 벌써 사냥하고 해체한 거야?"

이각 만에 돌아온 친구의 손에 들린 고기를 보고 비영은 깜짝 놀랐다.

"홍원이 너 숙수 노릇 해보는 건 어때? 나보다 훨씬 잘할 것 같은데?"

친구의 말에 홍원은 피식 웃어주는 걸로 답을 대신했다.

홍원의 관심은 마수의 고기에 있었다. 과연 어떻게 될 것인가.

혹시나 했으나 역시나였다.

빠른 속도로 썩기 시작한 것이다.

'그래도 한 가지는 확인했군. 북면에서는 썩지 않는다.'

일단 움직여 보니 방법이 조금은 보이는 것 같았다.

하지만 그전에 중요한 문제가 있었다.

마수 고기를 과연 사람이 먹어도 될 것인가.

'일단 먹어보는 게 먼저였지.'

홍원은 다시 비영을 남겨두고 북면으로 향했다. 조금 전에 잡았던 녀석의 고기를 나무 위에 조금 걸어두고 왔는데 다행히 그건 무사했다.

다른 고기들은 어느새 북면의 짐승들이 물고 가버렸는지, 뼈 조각 하나 남아 있지 않았다.

마수들은 마기를 먹고 산다고 했었으니, 맹수들의 소행이리라.

홍원은 나무 위의 고기를 가져다가 작게 잘라 입으로 가져갔다.

마수도 짐승인지라 노린내가 훅 하고 밀려들어 왔다. 생고기를 그대로 질겅질겅 씹는데, 별다른 맛은 없었다.

"이런 걸 굳이 찾아서 먹겠다니. 그 사람 취향도 참… 그리고 본인이 상당한 강자라면 직접 들어와서 잡아먹든가."

홍원은 교하운을 떠올리며 투덜거렸다.

자신이 이런 어려운 문제를 풀게 된 근본적인 원인은 그였기에.

요리란 것은 같은 식재료라도, 어느 숙수가 손을 쓰느냐에 따라 그 맛이 천차만별이다.

또한 요리에서 살리는 식재료의 특성은 각양각색이다. 아무 맛도 없는 상어지느러미를 식감을 살리는 요리법으로 그것을 진귀한 식재료로 만들기도 한다.

요리에 문외한이나 다름없는 홍원은 그런 사실을 모르기에 그것 참 특이한 인간이라고 생각했다.

홍원은 입에서 씹던 고기를 삼켰다. 별다른 차이는 없었다. 그저 산짐승의 생고기 그것이었다.

하지만 삼킨 이후는 달랐다.

배 속으로 들어가니, 고기에서 마기가 솟아오르기 시작했다.

작은 조각이었기에 별 영향이 없었다.

홍원은 내공을 일으켜 마기를 태웠다.

"신기한걸."

작은 마기가 뱃속에서 훅 하고 일었다가 사라지는 그 감각. 묘한 쾌감이 있었다.

"위험하기도 할 것 같고……."

자신이 느꼈던 감각을 다시 한 번 되새긴 홍원이 중얼거렸다.

"일단 보통 사람은 먹으면 안 되겠어. 마공을 수련하는 사람이라면… 영약이 될지도 모르겠고… 고수가 먹으면 유희는 되겠군……."

홍원은 그렇게 결론을 내렸다. 그러고는 다시 비영에게로 돌아갔다.

비영에게 자신이 알아낸 사실을 적당히 추려서 말해줬다.

"맛은 일반 산짐승이랑 다를 게 없단 말이지?"

"그래."

"그리고 이곳이 아닌 숲 속에서 마수를 손질하면 썩지 않고?"

"이곳은 북면에서 살짝 벗어난 것과 다름없는 뒷길이야. 숨겨진 뒷길. 하지만 북면에서 괜찮다고 해도, 향산을 벗어나면 아마 썩을 거야."

비영은 홍원의 이야기를 곱씹었다. 요리에 관해서는 머리가 굉장히 영민하게 돌아갔다.

"그럼 밖에서 손질해서 보존 처리를 하면 어쩌면 괜찮을지도 모른다?"

비영의 결론에 홍원이 고개를 끄덕였다.

"그러지 않을까 추측을 하는 거지."

"북면 한가운데는 위험하지 않을까?"

"위험해."

홍원이 단호히 말했다.

"흐음……."

비영이 고민에 빠져들었다. 그때 홍원이 손가락 두 개를 펴 보였다.

"두 가지 방법이 있다. 한 가지는 나와 함께 가서 네가 보존 처리를 하는 거야. 그동안 너는 내가 지켜주는 거지. 절대 네가 상할 일은 없을 거다. 단지 그 과정을 네가 버텨낼 수 있느냐 그게 문제야."

"다른 방법은?"

"네가 나에게 보존 처리를 가르쳐 주면 내가 나가서 하는 거지."

비영은 다시 고민에 빠져 들었다.

각각 장단점이 있었다.

두 번째 방법의 단점은 숙수로서 용납할 수 없는 단점이었다.

보존 처리도 어찌 하느냐에 따라 식재료의 질이 엄청난 차이를 보인다. 아무리 홍원이 칼질을 잘한다고 해도 보존 처리는 다른 영역이다.

첫 번째 방법은 솔직히 무서웠다.

"네가 보존 처리를 잘할 수 있을까?"

비영의 물음에 홍원이 답했다.

"내가 요리는 못 한다고 해도, 나름 연단은 한다. 약재의 배합이나 조절 같은 것 정도는 아주 잘하니까. 보존 처리도 괜찮지 않을까?"

그 말에 비영은 고개를 끄덕였다.

홍원이 연단한 단약에 대해서는 그도 들었었다.

약재를 다룰 줄 안다면 보존 처리도 가능할 것 같았다.

"일단 먼저 두 번째 방법을 시도해 보자. 그 결과를 보고 시원찮으면, 첫 번째 방법을 써야지."

"알았다."

"보존 방법은 크게 두 가지야. 하나는 건조, 다른 하나는 염장. 사실 고기의 경우는 주로 건조를 하는데… 지금 같은 경우는 시간이 없으니까 염장을 해보자."

"소금에 절이는 걸 말하는 거지?"

홍원의 물음에 비영이 고개를 끄덕였다.

그리고 홍원이 지고 온 등짐을 뒤져 소금 자루를 꺼냈다.

"이 정도 양이면 그렇게 많이는 못 해. 일단 절반만 챙겨서 한번 해보자."

그러면서 비영이 염장법에 대해 설명을 해줬다. 홍원은 집중해서 설명을 들었다.

시간이 제법 흘렀다.

그사이 어느새 늦은 오후가 되었다.

홍원은 다시금 마수 사냥을 나갔다. 마수를 잡고 해체하는 것까지는 너무나 손쉬웠다.

천천히 비영에게 배운 대로 염장을 진행했다.

끽해야 반 근이 될까 말까한 양이다. 비영의 말대로 이 정도 양이면 딱 일 인분의 요리가 나올 양이다.

만약 성공한다면 해미성에 들러 소금을 더 가지고 와야 할 것이다.

그렇게 염장을 마친 홍원은 고기를 가지고 비영에게로 갔다.

비영은 유심히 홍원이 염장한 고기를 살폈다. 제법 그럴듯한 염장이지만, 비영의 눈에는 아쉬운 부분이 곳곳에 보였다.

홍원은 그런 친구의 표정을 읽었다.

"썩 마음에 들지는 않나 보네."

"이 정도면… 칠십 점 정도?"

요리에 관해서는 굉장히 엄격했다.

"그럼 네가 염장해야겠네."

홍원의 말에 비영은 딱딱한 얼굴로 고개를 끄덕였다.

그사이 하늘은 점점 어둑어둑해지고 있었다.

"일단 오늘 밤은 보내고 내일 생각하자."

홍원의 말에 비영은 노숙을 할 준비를 시작했다. 그리고 같이 요기할 음식을 마련했다.

보존식이었지만, 비영의 손을 거치니 훨씬 맛있게 먹을 수 있었다.

밤이 깊었다.

잠이 들기 전에 확인한 고기는 여전한 모습을 보였기에 비영은 안도한 얼굴로 잠자리에 들었다.

그러나 홍원은 고개를 저었다.

마기가 빠져나가는 속도가 제법 늦춰지기는 했지만 여전히 빠져나가고 있었다. 아마 날이 밝으면 비영도 고기가 썩은 부분을 볼 수 있을 것이다.

'실패로군.'

홍원은 밤하늘을 올려다보며 생각했다.

'어찌해야 할까……'

고민에 고민을 거듭하다가 문득 생각이 미치는 곳이 있었다.

'어르신.'

산인을 떠올린 것이다.

'어쩌면 어르신이라면 아실지도 모르겠어.'

조용히 몸을 일으켰다. 비영은 깊게 잠들어 있었다.

잠시 자리를 비워도 되겠다는 생각에 홍원은 몸을 날렸다.

산인의 거처를 향해 경공을 펼쳐 빠르게 달렸다.

거처에 도착하니 어느새 산인이 마중을 나와 있었다. 자신의 기운을 느낀 것이리라.

"이 깊은 밤에 어쩐 일인가?"

산인은 빙그레 웃으며 홍원을 맞아주었다.

"여쭙고 싶은 것이 있어, 결례인 줄 알면서 늦은 시간에 찾아뵙니다."

"일단 들어가세."

홍원은 산인의 뒤를 따라 그의 거처로 들어갔다. 천천히 찾아오게 된 연유를 이야기했다.

"거참, 신기한 사람도 있군. 마수의 고기를 먹고 싶다니… 미친 건 아닌지……."

"보통 사람은 상상도 못 할 일입니다만, 기벽을 가진 데다가 본인이 일단 고수이니."

"뭐, 그렇다면 먹고 탈이 나거나 하지는 않겠군."

홍원은 그 말에서 묘한 것을 느꼈다. 그래서 물어봤다.

"혹시 드셔보셨습니까?"

홍원의 물음에 산인이 머쓱하게 웃었다.

"북면에 홀로 지내다 보니 호기심이 좀 많이 늘어서 말이야. 허허허."

산인은 너털웃음을 지었다.

홍원은 기대를 가졌다. 그렇다면 정말로 산인이 알고 있을지도 모른다는 생각이 들었다.

"혹, 어르신께서 해결책을 아시고 계신지요?"

홍원의 물음에 산인은 고개를 끄덕였다.

"마수 고기가 왜 썩는지는 자네도 알겠지? 산의 길을 볼 수 있으니 당연히 보이겠지."

홍원은 고개를 끄덕였다.

"결국 마기가 빠져나가서인데… 그렇다면 빠져나가는 마기를 보충해 주면 썩지 않지."

당연한 말이지만, 홍원은 그 방법을 몰랐다.

"염장이나 건조 같은 보존 방법은 마기가 빠져나가는 길을 좁혀서 썩는 시간을 좀 늦출 수는 있어도, 고작해야 하루 정도의 시간을 벌 뿐이지."

홍원은 그 말에 살짝 놀랐다. 그리고 속으로 정말 호기심이 많은 어르신이라 생각했다.

저 사실을 알고 있다는 것은 염장과 건조를 시도해 봤다는 것이니까.

아무래도 북면에서만 줄곧 지낸 것은 아닌 것인지도 몰랐다.

"마기를 머금은 식물은 동물과는 다르다네."

이어진 산인의 말에 집중했다.

"동물은 죽으면 급속도로 마기가 빠져나가지만, 식물들은 은근히 빠져나가면서 그 주변에 마기가 머물러 있지."

"그 말씀은?"

"마기를 머금은 식물로 고기를 감싸면 썩지 않을 거야. 며칠은 물론이고 달포도 버티지."

방법이 나왔다.

"물론 요리할 때도 그 식물을 함께 넣어야 하네. 그렇지 않으면 요리하면서도 썩으니까."

"북면 밖에서 그런 식으로 요리를 해서 드셔보셨군요?"

홍원의 물음에 산인은 대답하지 않고 빙그레 웃을 뿐이다.

"마기를 머금은 식물들은 알려주지 않아도 되겠지?"

"네."

찾아보면 홍원의 눈에 보인다.

요리에도 함께 넣어야 한다니, 여러 종류를 가지고 가서 시험을 해봐야 할 듯했다.

"감사합니다."

홍원이 자리에서 일어났다.

"노파심에 충고하자면, 마수 고기에 맛을 들이지는 말게. 하나도 좋을 게 없는 고기야."

"알겠습니다."

홍원은 산인의 거처를 나서 비영에게로 돌아갔다.

일부러 산의 길을 벗어나 북면을 통해 움직였다. 마기를 머금은 식물을 채집해야 했다.

"나도 한때 맛을 들이는 바람에 고생 좀 했다네. 고기를 끊느라고. 대체 어디에서 마수 고기가 별미라는 이야기가 퍼진 것인지, 참. 맛보다는 감각 때문이거늘."

산인은 홍원이 멀어지는 모습을 보며 작게 중얼거렸다.

홍원이 자리를 비우고 반 시진쯤 지났을 무렵.

비영이 눈을 떴다.

사방에서 울리는 산짐승 소리에 깬 것이다.

"홍원아?"

친구를 불렀으나 대답이 없었다. 몸을 일으켜 보니 홍원이 없었다.

"어디를 간 거지?"

비영이 천천히 주변을 살폈다.

우-우-우!

그때 다시 들리는 짐승의 울음소리.

모골이 송연해졌다. 이곳은 절대로 안전하다고 친구가 말했으나, 지금은 무서웠다.

자신에게 믿음을 주던 친구도 없었다.

"홍원아!"

비영은 홍원을 부르며 걸음을 옮겼다. 무섭고 불안했다. 한시라도 빨리 홍원을 찾아야 할 것 같다는 생각에 비영은 자신도 모르게 걸음을 옮기고 있었다.

홍원이 미처 생각하지 못한 부분이다.

산의 길에서는 밖의 소리도 들을 수 있기에, 짐승 소리에 비영이 깰 수도 있었음을.

홍원이 돌아온 것은 비영이 홍원을 찾아 움직이기 시작한지 이각(30분)이 지난 후다.

노숙 장소에 도착한 홍원은 깜짝 놀랐다. 비영이 없었기 때문이다. 대신 군데군데 남아 있는 비영의 발자국만이 남아 있었다.

"이런!"

홍원은 다급한 마음에 서둘러 발자국의 흔적을 쫓았다.

산의 길은 홍원과 함께가 아니면 들어오지 못하지만, 나가는 것은 혼자서도 나갈 수 있다.

길 바깥으로 발을 내딛기만 하면 그대로 길 밖으로 빠져나가게 된다.

홍원은 부디 비영이 계속해서 길 안에서만 움직였길 바라면서 빠르게 그 뒤를 쫓았다.

얼마나 걸었을까.

비영은 알 수 없었다. 그저 짙은 어둠과 사나운 맹수의 울부짖음을 피하기 위해 걸음을 옮길 뿐이다.

자박. 자박.

맹수들의 울음소리 속에서도 자신의 발소리는 들렸다.

겁에 질렸음에도 미친 듯이 달리거나 하지는 않았다.

현재 비영은 반쯤은 공황 상태다. 믿고 의지했던 친구가 갑자기 사라진 탓이다.

그랬기에 홍원의 충고도 잊고 어딘지도 모를 곳으로 걸음을 옮기고 있었다.

무언가가 자신을 쫓고 있을지도 모른다는 강박까지 생겼다.

실상은 홍원이 비영을 찾고 있는 것이다.

"호, 홍원아!"

비영이 미친 듯이 외쳤다. 맹수가 오거나 말거나 상관없었다.

이제는 도무지 더는 버틸 수가 없었다.

"호, 홍원아!"

갑자기 걸음이 빨라지기 시작했다. 그러면서 몸이 흔들린다.

서서히 비영의 방향이 길 바깥쪽으로 틀어지고 있었다.

홍원은 순식간에 그런 비영을 따라잡았다.

고작 이각 동안 걸어간 거리일 뿐이다. 홍원이 경공을 펼치
면 순식간에 쫓을 수 있었다.

"비영!"

홍원은 더 이상 비영이 움직이지 못하도록 그를 불렀다.

비영의 모습을 확인했을 때, 비영은 거의 길의 경계에 서 있
었다. 저곳에서 한 발만 잘못 내디뎌도 길 밖으로 나가게 된다.

등 뒤에서 들려온 익숙한 목소리에 그제야 비영은 공황 상태
에서 벗어날 수 있었다.

"아, 홍원아."

몸을 돌려 뒤를 바라보려고 한 그 순간.

비영은 중심을 잃고 몸을 휘청거렸다. 중심을 잡으려고 발을
내디딘 순간 비영은 길 밖으로 나가고 말았다.

"이런."

깜짝 놀란 홍원은 재빨리 길 밖으로 쫓아나갔다.

찰나의 순간이었지만, 비영은 운이 나빴다.

하필이면 빠져나온 곳에 마수 한 마리가 웅크리고 있었다.

마수는 비영을 향해 달려들고 있었다.

홍원은 전력을 다해 몸을 날렸다. 무공을 익힌 이후 처음으
로 온몸의 힘을 다하는 것 같았다.

순식간에 마수에게 날아가 일격을 먹였다.

콰콰쾅!

절박한 마음에 무의식적으로 전력을 다한 것인지라 그 일수
에 마수는 전신이 갈가리 찢긴 채 날아갔다.

비영은 그 모습을 멍하니 바라보았다.

자신을 향해 달려들던 마수도 비현실적이었고, 지금 눈앞에 펼쳐진 모습은 더욱 비현실적이었다.

일격의 여파로 주변의 땅이 뒤집어지고 나무들이 쓰러졌다.

"호, 홍원아?"

비영이 얼떨떨한 얼굴로 친구를 불렀다.

"미안하다."

안도의 한숨을 내쉬며 홍원이 가장 먼저 꺼낸 말이다.

"잠시 볼 일을 보러 간 건데, 그사이에 네가 깰 줄은 몰랐다."

"아, 아니. 함부로 움직이지 말라고 분명히 말했는데… 나도 모르게 그만… 미안해. 네가 없다고 생각하니 정신이 나가 버려서……."

비영이 고개를 숙이고는 힘겹게 말을 이었다. 제정신을 차리고 돌아보니 너무도 멍청한 짓을 한 것이다.

홍원은 자신을 버리고 사라질, 그런 친구가 아니다.

그냥 친구를 믿고 기다리고 있었으면 될 일을 이렇게 만들어 버리다니. 쥐구멍이 있으면 그리로 들어가고 싶은 심정이었다.

그렇게 비영은 고개를 푹 숙이고는 땅만 바라보았다.

그런 그의 눈에 들어온 것은 홍원의 일격에 의해 뒤집어진 땅이다.

커다란 폭발이라도 있었던 것처럼 뒤집어진 땅.

그런 땅의 경계에 무언가가 삐죽 튀어나와 있었다.

비영의 눈에 그것이 들어왔다.

"응?"

비영이 고개를 갸웃거리며 자세히 바라보았다. 마치 활같이 생겼기 때문이다.

북면에 버려진 활이라니. 어쩌면 북면에서 목숨을 잃은 사냥꾼의 것인지도 모를 일이다.

홍원의 시선이 비영이 바라보고 있는 곳으로 따라갔다.

홍원도 그 활을 발견했다.

상태를 보아하니 굉장히 오래된 물건 같았으나, 여전히 활줄이 매여져 팽팽했다.

홍원이 활을 집어 들어 가만히 살폈다.

이런 곳에 쉬이 있을 물건이 아니기에 호기심이 동한 것이다.

"응?"

활을 살피던 홍원의 눈이 세차게 떨렸다. 한가운데 음각된 글씨를 발견한 것이다.

무양(武洋).

선친의 휘자(諱字)다.

아버지의 이름을 이런 곳에서 보게 될 줄은 꿈에도 몰랐기에 홍원의 떨림은 멈출 줄을 몰랐다.

"왜 그래?"

이상한 기색을 느낀 비영이 다가왔다.

홍원이 뚫어지게 바라보는 곳을 본 비영도 깜짝 놀랐다.

"이건 아저씨의?"

홍원의 고개를 끄덕였다.

"그런 것 같다. 일단 돌아가자."

홍원이 조금 전 쏘아낸 엄청난 위력의 일격 덕에 마수가 접근하지 않았지만, 언제 어떻게 될지 몰랐다.

일단 날이 밝은 후에 움직여야 할 것 같았다.

노숙지로 돌아온 홍원과 비영은 다시 몸을 뉘었다.

비영도, 홍원도 쉬이 잠들지 못했다. 각자의 상념이 가득한 밤이다.

홍원은 차근차근 생각을 정리했다.

지금까지 아버지의 죽음에 대해서는 깊게 생각하지 않았었다.

위험을 무릅쓰고 북면으로 사냥을 떠나셨다가 사고로 돌아가셨다.

큰 부상을 입고 거우거우 읍성으로 돌아오셔서, 돌아가셨다는 것이 홍원이 알고 있는 전부다.

꿈속에서도, 현실에서도 그렇게만 알고 있었다.

'과연 그런 걸까?'

의심이 싹텄다.

아버지의 활을 보는 순간 무언가 찌르르하고 울렸다. 계속해서 의문을 파고들자 머리 한쪽이 지끈거린다.

이상한 일이었다.

난해한 무공의 구결을 파고들 때도 이렇게 머리가 지끈거린

적은 없었다.

'뭐지?'

수많은 의문이 떠올랐다.

"아무래도 자세히 알아봐야겠어."

홍원이 작게 중얼거렸다.

이미 많은 세월이 흘러 버려 알아낼 수 없을지도 몰랐지만 어떻게든 파헤쳐 봐야 했다.

날이 밝았다.

홍원은 비영에게 마수 고기의 보존 방법을 알려주었다. 그들을 괴롭히는 문제를 해결했음에도 비영의 얼굴은 어두웠다.

홍원 아버지의 활을 발견한 것 때문이리라.

"잠깐만 여기서 기다려. 난 좀 살펴보고 와야 할 것 같다."

홍원의 말에 비영은 고개를 끄덕였다.

어젯밤 그곳에 도착했다.

여전히 처참하게 파헤쳐져 있었다. 그 모습을 확인하니 문득 후회가 되었다.

그렇게 다급하게 전력을 펼칠 필요가 이유가 없었다.

"아니, 아니야."

홍원은 고개를 저었다.

일촉즉발의 상황이었다. 찰나의 순간만 늦었더라도 비영이 죽었을지도 모른다.

어젯밤의 판단은 옳았다.

홍원은 엉망진창이 된 곳이나마 꼼꼼히 살폈다. 혹시 무언가 흔적이 있을지도 몰랐다.

아버지의 활이 나왔으니 다른 것이 있을지도 모르는 일이다.

북면은 사람의 인적이 거의 없는 곳이다. 이곳은 북면에서도 제법 깊은 곳이다.

홍원은 처음 와본 곳인 데다, 지명을 모르고 있었지만 이곳은 용린골 바로 지척이었다.

사나운 마수들이 수없이 나타나는 곳이다.

"흐음."

활 이외의 별다른 흔적은 없었다. 홍원의 시선이 다른 곳으로 향했다. 어제 활을 발견한 곳과 가장 가까운 산의 길이다.

아버지가 마수에게 위기에 처했었다면 분명 산의 길로 피하셨을 것이다.

'하지만 아무리 다급해도 아버지께서 활을 버리시다니… 그리고 화살도 없다.'

마수와의 싸움에서 몸을 피한 것이라면, 아버지가 쏜 화살이 근처에 있어야 했다.

자신의 일격에 모두 사라졌을 수도 있는 일이지만, 그 범위가 좁았다.

활의 사정거리를 생각한다면 멀리 한두 개 정도는 있어야 했으나, 없었다.

홍원이 산의 길로 들어섰다. 천천히 걸으며 주변을 샅샅이 뒤졌다.

"있군."

있었다. 화살이다.

하지만 홍원의 예상과는 달랐다. 화살대에 검붉은 무엇이 묻어 있었다.

피였다.

"무슨 일이 있었던 것일까?"

홍원은 주변을 더 살폈지만 화살 한 개 이상의 소득은 없었다. 그러나 아버지의 죽음에 대한 의문은 더욱 깊어졌다.

일단 돌아가야 했다. 비영의 일부터 마무리 지어야 했으니까.

"왔어?"

비영이 홍원을 반겼다. 비영은 마수의 고기를 살피고 있었던 듯하다. 홍원이 가져다준 마기를 머금은 풀들과 함께 어떻게 요리를 할까 고민한 듯했다.

"결정했어?"

홍원의 물음에 비영이 고개를 끄덕인다.

"탕수육."

짧은 대답에 홍원이 살짝 놀랐다. 너무 간단한 요리라는 생각이 들었기 때문이다.

"이 풀들과 함께 요리하려면… 그게 제일 무난할 것 같다. 고기의 노린내도 잡고."

"흐음, 뭐 사실 요리의 형태는 상관없을 것도 같다."

"응?"

홍원의 말에 비영이 되물었으나 대답해 주지 않았다.

마수 고기의 자극은 혀가 아닌 배 속에서 있음을 말이다. 대신 행동으로 보여주었다.

아주 작은 고기 조각을 잘랐다. 개미만 한 크기다.

"먹어봐."

"응?"

비영은 친구의 행동을 이해할 수 없었으나 시키는 대로 했다.

너무 작은 조각인지라 씹을 것도 없었다. 혀에 닿는 순간 목으로 넘어갔다.

비영은 그 짧은 순간에도 고기의 맛을 느꼈다. 홍원의 말대로 별다른 특징은 없었다.

그냥 짐승의 고기 맛이었다.

하지만 삼킨 후가 달랐다. 배 속에서 무언가 후끈한 것이 끓어올랐다.

그때 홍원이 비영의 등에 손을 올려 내공을 일으켰다.

청량함이 등에서부터 배 속으로 스며들었다. 후끈 끓어오르던 것이 청량한 기운에 먹혀 사라졌다.

"이건 뭐야?"

비영이 깜짝 놀란 얼굴로 홍원을 돌아보며 물었다.

"마수가 품고 있는 마기. 보통 사람은 잘못 먹으면 죽을 수도 있다."

비영은 홍원의 말에 수긍했다. 자신이 얼마나 작은 조각을 먹었는지 알았기 때문이다.

"괜찮을까?"

"소궁주가 소문대로의 실력자라면 괜찮을 거야."

홍원이 확신에 차 대답해 주자, 비영은 안심한 기색이다.

"그럼 이제 돌아가야지."

비영의 말에 홍원은 고개를 저었다.

"해미성으로 간다."

"왜?"

"소궁주가 해미성에 있으니까. 뭐 하러 성현성의 성주 좋은 일을 해. 그놈 때문에 네가 고생한 게 얼만데."

홍원의 말에 비영은 자기도 모르게 고개를 끄덕였다.

'그리고 성주가 붙여놓은 놈들이 향산 아래에서 기다리고 있을 테니까.'

비영에게 말하지는 않았지만 홍원은 느끼고 있었다. 성현성의 성주가 붙인 사람들이 은밀히 자신들을 미행하고 있음을.

혹시라도 어딘가로 도망가는 것은 아닌가 하는 일말의 염려가 있었을 것이다. 아니면 곧장 사혈궁의 소궁주를 찾아갈 거라 생각했을 수도 있다.

자신의 욕심으로 비영을 그렇게 괴롭힌 권력자가 이렇게 허술하게 자신들을 보내줄 리가 없었다.

두 사람은 곧장 해미성으로 향했다. 산의 길을 통해 북면을 가로질러 향했다. 아마 자신들을 기다리고 있는 이들은 거기서 아무것도 모른 채 시간만 보내고 있을 것이다.

어찌 북면을 가로질러 해미성으로 갈 것이라 생각하겠는가.

북면은 잠깐 들어가서 사냥만 하기에도 무척이나 위험한 곳이다.

더군다나 동면을 거쳐 북면에 진입했다면, 해미성으로 가려면 용린골을 가로질러야 한다.

그건 불가능한 일이다.

북면의 지리에 대해 아는 사람들에게는 상식이었다. 오히려 홍원은 그런 상식을 몰랐다.

사람들이 북면에 붙인 지명을 모르는 탓이다.

산의 길을 통했기에 두 사람은 아무런 장애 없이 해미성의 입구에 도착할 수 있었다.

해미성에 들어 잠깐의 수소문만으로도 소궁주가 머물고 있는 객잔을 알아낼 수 있었다.

그는 이곳에서도 유명 인사였으니까.

그렇게 홍원과 비영은 단호객잔이라는 곳의 정문 앞에 서 있었다.

꿀꺽.

비영은 마른침을 삼켰다.

막상 이렇게 오니 긴장이 되는 것이다.

"자네는 묵 숙수가 아닌가?"

그때 등 뒤에서 목소리가 들렸다. 홍원은 이미 알고 있었기에 천천히 몸을 돌렸다.

그를 이곳에서도 만날 줄은 몰랐다.

'운 공.'

묘한 인연이다.

"소, 소궁주님을 뵙습니다."

그때, 비영이 떨리는 얼굴로 급히 허리를 숙였다.

'허, 이자가…….'

숭무련에서 만났을 때도 예사 인물은 아닐 것이라 생각했었지만, 설마 사혈궁의 소궁주일 줄이야.

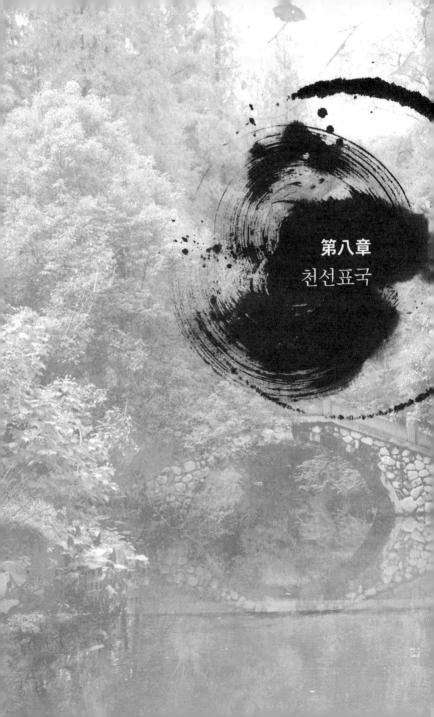

第八章
천선표국

교하운의 안내로 객잔 안에 자리를 잡았다. 정확히는 교하운이 빌린 별채였다.

읍성에는 이렇게 별채까지 가지고 있는 객잔이 없었기에 홍원으로서는 신선한 경험이었다. 지금까지 많은 곳을 떠돌아다녔지만 늘 검소한 생활이 몸에 배었기 때문이다.

교하운의 수하가 가져온 차를 두고 세 사람은 마주 앉았다.

그 모습에 홍원은 살짝 놀랐다.

숭무련에서 만났을 때의 그의 기행으로 어느 정도 예상은 하고 있었지만 이건 예상을 넘어섰다.

'정말로 초탈하군. 아무리 미식이라는 것에 집착한다지만, 이렇게 숙수와 숙수의 친구와 함께 자리를 하다니.'

그러고 보니 별채에 느껴지는 교하운의 수하의 기척은 고작 두 사람이다.

객잔 주변으로 은신해 있는 이들의 기척은 많았지만 최대한 눈에 띄지 않게 있었다.

숭무련의 민낯을 본 경험이 있는지라 무척이나 신선했다.

'숭무련, 경천회는 정(正)을 사혈궁은 사(邪)를 대표한다고 생각했지만 그건 무공의 특징일 뿐, 사람의 품성은 전혀 다르군.'

물론 그가 겪은 교상학의 인성을 본다면 교하운이 유독 특출 난 사람일 것이다.

"그래, 묵 숙수께서 성현성에서 해미성까지 먼 길을 와 날 찾은 이유가 무엇인가?"

교하운이 빙그레 웃으며 물었지만, 그는 어느 정도 짐작을 하고 있는 듯했다.

그의 시선은 계속해서 홍원의 등짐에 머물러 있었으니까.

"마수의 고기를 구해왔습니다."

비영의 대답에 교하운은 역시나 하는 얼굴로 고개를 끄덕였다.

"썩지 않던가? 사실 내 수하들을 보내서 몇 번이나 시험해 봤는데… 향산을 벗어나 이곳까지 오는 동안 전부 썩어버리더군. 그렇다고 북면에 숙수를 데리고 갈 수도 없는 노릇이고 말이야. 아니, 간다고 해도 그곳에서는 요리라는 것이 불가능하지."

역시 교하운이었다.

그는 한번 고기가 썩었다고 해서 포기하지 않고 여러 가지 방법을 시도하고 있었던 것이다.

그러니 이토록 오랫동안 해미성에 머물러 있는 것이다.

그가 굳이 성현성으로 오지 않은 것은, 북면에서 가장 가까운 이곳에 돌아오는 동안에도 고기가 완전히 부패해 버리니 다른 곳도 그 결과가 뻔했기 때문이다.

"묵 숙수가 직접 북면으로 갔던 것인가? 그곳은 무척이나 위험한 곳이네. 나도 이번에 두 번 정도 다녀왔지만⋯ 직접 겪어 보니 대단하더군. 그래서 이제 그만 포기하고 돌아가야 하는 거 아닌가 하고 생각하던 참이지."

방법을 찾는 와중에 직접 사냥에도 나섰던 모양이다.

그의 성정이라면 당연한 일이다. 계속 실패하는 일을 부하들만 닦달하고 있을 인물이 아니었다.

"그건 여기 제 친구가⋯⋯."

비영의 시선이 홍원을 향했다.

"읍성에서 사냥꾼을 하고 있는 장 아무개입니다."

그제야 교하운의 관심이 홍원에게로 향했다. 홍원과 함께한 이유는 그가 묵비영과 함께 왔기 때문이다. 그가 그 실력을 인정하는 숙수의 동행이라는 이유만으로 그런 대우를 해준 것이다.

"장 엽사로군요. 반갑소. 사혈궁의 소궁주인 교하운이오."

"말씀 편하게 하시지요."

홍원의 말에 교하운은 고개를 끄덕였다. 그의 신분을 떠나서 그는 이미 장남이 장성했을 정도로 나이를 먹은 이였다.

"알았네."

"선친께서도 읍성의 사냥꾼이셨습니다. 그런 선친 덕에 사냥 기술을 익혔고 위험을 무릅쓰면 북면에도 다닐 정도까지는 됩니다."

"대단하군."

교하운은 진심으로 감탄했다.

그가 겪어본 북면은 무공을 모르는 사냥꾼이 함부로 드나들 장소가 아니었다.

"선친께 얻은 지식입니다만… 마수는 북면에만 서식하는 바, 죽여서 북면을 벗어나면 금세 썩는다고 하셨습니다. 그래서 선친께서도 북면의 마수들은 사냥하지 않으셨지요."

모두 지어낸 이야기다.

이 이야기에 대한 것은 이미 홍원이 비영에게 미리 말해두었기에 비영은 잠자코 듣고만 있었다.

교하운은 흥미롭다는 얼굴을 하고 홍원의 이야기를 듣고 있었다.

"그런데 북면에서 나는 몇몇 식물들에 싸두면 썩지 않는다고 하시더군요."

그러면서 홍원은 등짐에서 마수의 고기를 꺼내 풀었다. 그곳에는 보랏빛이 나는 커다란 잎에 쌓인 고기가 한 덩이 있었다.

"좋군."

교하운은 그것을 보고 고개를 끄덕였다. 크지 않은 덩어리이지만 벌써부터 거기에서 풍기는 마기에 몸이 찌르르 울렸다.

"보통 사람은 고기의 마기 때문에 가지고 운반하는 것도 쉽지 않을 텐데?"

고기가 썩게 되면 마기가 사라져서 괜찮지만, 이렇게 선도를 유지하면 은근히 풍기는 마기가 사람에게 영향을 끼친다.

"이 잎으로 싸두니 괜찮더군요."

홍원의 대답에 교하운은 신기하다는 눈으로 고기를 내려다보았다.

"향산은 무척이나 신비로운 곳이야. 괜히 중원의 금지인 것이 아니로군."

"저희 같은 사람이 그저 동면에서 먹고살고 있으니, 감사한 산이지요."

홍원이 빙긋 웃으며 답했다.

"참으로 닮았어."

교하운은 홍원을 지그시 바라보며 말했다. 의미를 알 수 없는 말이다.

"무슨 말씀이신지?"

홍원의 물음에 교하운이 답했다.

"몇 달 전에 우연히 알게 된 친구가 하나 있는데, 자네와 그 기질이 무척 닮았어. 언제고 꼭 다시 만나고 싶은 친구일세. 허허허."

홍원은 지금 자신의 무공을 완전히 감추고 있었다. 교하운은 순수하게 사람의 기질만으로 숭무련에서 만났던 홍원과 지금 홍원이 닮았다고 말하고 있었다.

외모조차 완전히 다른데도 말이다.

여러모로 대단한 사람이었다.

"그럼 이제 정말로 기대되는군. 묵 숙수가 과연 이걸로 어떤 요리를 해줄지."

"당초육(糖醋肉)입니다."

자신에게 대화가 넘어오자 비영이 담담히 대답했다. 자신의 전문 분야인 요리에 대해 이야기하게 되자 비영의 기세가 달라졌다.

"좋군. 그리고 보니 고기도 요리를 고려해서 부위를 선택해서 가지고 온 모양이야."

교하운이 고기를 내려다보며 말했다.

비영은 곧장 별채에 준비된 주방에서 요리를 시작했고, 오래지 않아 먹음직스러운 당초육이 담긴 접시가 올라왔다.

"좋군. 정말 좋아. 이 멋진 빛깔은 내가 아는 숙수들 중에서도 단연 최고야!"

교하운의 말대로였다.

황금색으로 빛나는 옷을 입은 고기 튀김은 정말로 먹음직스러웠다.

"향도 정말로 환상적이로군."

음식을 앞에둔 교하운의 모습이 돌변했다. 홍원이 알고 있던 모습과는 너무나 달랐기에 갈피를 잡을 수 없었다. 그는 지금 주변은 전혀 신경 쓰지 않은 채 요리에만 집중하고 있었다.

비영은 자주 봐온 모습인 듯 담담했다.

젓가락으로 고기 하나를 집어서 입으로 가져갔다. 천천히 음미하듯 꼭꼭 씹어서 삼켰다.

그 모든 과정에서 교하운은 두 눈을 감고 있었다.

모든 감각을 입안에만 집중한 듯했다. 혀의 미각과 입안의 살들의 촉각, 그리고 이에 닿는 식감까지.

이번 당초육은 좀 달랐다.

목구멍을 넘어가는 감각과 위에 도착했을 때의 감각까지 집중했다.

새콤달콤한 맛과 함께 느껴지는 촉촉하면서도 아삭한 식감에 이어진 배를 화끈하게 하는 마기까지.

환상적이었다.

하나를 먹은 후 교하운은 그 자세 그대로 가만히 눈을 감고 앉아 있었다. 한동안 미동도 하지 않았다.

맛의 여운을 즐기는 것이다.

'대단하군.'

홍원은 그 모습이 놀라웠다. 음식을 하나 먹는 모습에서 절대고수의 풍모를 느낀 것이다.

그의 모습이 홍원에게 하나의 단초를 주고 있었다. 그 단초를 얻은 것만 해도 이번 일은 충분히 의미가 있었다.

"훌륭해. 너무도 훌륭해서 무슨 말을 해야 할지 모르겠군."

교하운의 입이 열렸다.

"묵 숙수 자네의 실력으로 마수를 요리하니 정말로 환상적이야. 당초장의 새콤달콤함은 물론이고, 튀김의 식감까지. 당초장을 부었음에도 전혀 눅눅하지가 않아. 거기에 입안에 남은 맛과 배 속의 마수 고기 특유의 화끈함이 합쳐져서, 온몸을 떨어 울리는군. 대단해!"

그는 진정으로 흥분해 있었다.

비영은 마수 고기가 가진 마기를 걱정했으나, 홍원의 말대로 교하운에게는 아무 문제도 되지 않았다.

"그리고 고기를 싸 왔던 이 잎. 이 잎 특유의 향이 입맛을 더욱 돋워주는군."

그렇게 말을 마친 교하운은 정신없이 당초육을 먹었다.

홍원과 비영은 그를 가만히 보고만 있었다. 저렇게 집중하고 있는 것을 방해할 수 없었다.

방 한쪽에 시립해 있는 그의 수하도 쓴웃음을 지으며 그 모습을 바라보고 있었다.

비영이 충분한 양을 만들었기에, 교하운이 만족스레 식사를 마친 후에도 그의 수하들도 당초육을 맛볼 수 있었다.

고기의 마기 때문에 홍원과 비영은 먹지 않았다.

"고맙네, 고마워. 묵 숙수 덕분에 내 소원 하나를 풀었어. 과연 들은 대로야. 아니, 묵 숙수의 솜씨 덕에 듣던 것보다 훨씬 훌륭했네. 난 그저 배 속의 감각과 중독성만 알고 있었는데 훌륭한 요리가 되니 그야말로 환상적이군. 이것보다 더 먹으면 정말로 중독이 되어서 매번 북면으로 사냥을 나갈 것 같아."

교하운의 말에 홍원은 내심 고개를 절레절레 저었다. 그는 이미 제법 많은 양을 먹었으니까.

이제 가지고 온 고기도 다 먹었으니 더 먹고 싶어도 먹을 방법이 없었다.

"이렇게 훌륭한 경험을 하게 해줬으니, 보답을 해줘야지. 그래, 어떤 보답이 좋겠는가?"

교하운의 물음에 비영은 아무 말도 못 하고 있었다. 그래서 홍원이 나섰다.

그리고 비영이 직접 북면으로 가게된 연유와 자신이 친구를 도운 이유, 그리고 해미성으로 곧장 온 이유 모든 것을 말했다.

바람이 분다.

너무나 차가운 바람이다.

이 한풍(寒風)의 진원지는 교하운이었다.

그는 지금 진심으로 분노하고 있었다. 그 분노의 대상이 누구인지 알 수는 없었다.

홍원은 잠자코 그를 바라보고 있었다.

"후우."

어느 정도 분노를 다스렸음인가. 교하운이 한숨을 쉬면서 비영을 바라보았다. 그러고는 자리에서 일어나 비영에게 허리를 숙였다.

"소, 소궁주님."

비영이 깜짝 놀라 자리에서 일어섰다.

"진심으로 미안하네. 내 이리 사죄함세. 마음 같아서는 무릎이라도 꿇고 싶네만, 내가 있는 위치가 위치인지라… 이걸로 용서해 주세."

"무, 무슨 말씀이십니까, 소궁주님. 왜 이러십니까……."

비영은 당황해서 어쩔 줄을 몰라 했다.

그러기는 교하운의 수하도 마찬가지였다. 이런 주군의 모습은 처음이었으니까. 하지만 주군이 행한 일에 함부로 끼어들 수 없어 발만 동동 구르고 있었다.

"제발, 제발 그만하십시오, 소궁주님. 왜 이러십니까……."

비영은 거의 울듯이 애원하고 있었다.

"내 개인적인 즐거움 때문에 자네가 그런 고초를 겪었는데 내 뭐라고 사과를 해도 부족하지. 정말 미안하네."

그 말을 마치고야 교하운은 허리를 폈다.

홍원에게 그 모습은 신선한 충격이었다. 홍원이 모든 것을 말한 의도는 성현성의 성주를 정리하기 위한 목적이었다.

그런데 분노한 교하운이 가장 먼저 한 행동이 비영에게 허리를 숙이며 사과를 하는 것이었다.

'그 분노는 자신에 대한 분노도 있었던 것인가. 사혈궁은 앞으로 더욱 강성해지겠어.'

물론 꿈속에서 그랬던 것처럼 자신과 부딪히게 된다면 이야기는 달라지겠지만, 아마도 그럴 일은 없을 것 같다는 예감이 들었다.

"아닙니다. 소궁주께서는 제 요리를 맛있게 드셔주신 것뿐이십니다."

비영의 말에 교하운은 고개를 절레절레 저었다.

"아니야. 나 때문이지. 내가 자네를 마음에 들어 하지 않았으면, 감히 성현성주가 그딴 짓을 했겠는가. 미안하네."

자리에 앉으면서도 교하운은 연신 사과를 했다.

"감사합니다."

비영은 그 말밖에 할 말이 없었다.

무려 사혈궁의 소궁주다.

왕자, 아니, 왕세자나 다름없는 이가 자신 같은 이에게 이토록 낮은 모습을 보이다니.

그것만으로 이번 고생의 보상은 모두 받은 것만 같았다.

"그리고 성현성의 성주는 내가 알아서 조치하겠네."

그 말을 하는 그의 음성에는 분노가 가득했다.

"괜찮으시겠습니까? 상인들 이야기를 들어보니……."

홍원이 말을 끌었다. 이 이상의 이야기를 하는 것은 어찌 보면 굉장히 위험한 언사였으니까.

하지만 교하운은 그런 홍원의 의도를 읽었다.

"사실 관리의 인사권에 개입하는 것은 제법 힘든 일이지. 더군다나 성주의 인사라면. 하지만 불가능한 것도 아니야. 그리고 지금 아버님과 협상 중인 것이 있으니까."

그렇게 말하던 교하운이 생각났다는 듯 물었다.

"그러고 보니 장 엽사, 자네가 읍성 사람이라고 했나?"

"네."

"묵 숙수의 고향도 읍성이라고 했었지?"

"네, 홍원과는 고향 죽마고우입니다."

그 말에 교하운이 미소를 지으며 고개를 끄덕였다.

"좋군, 좋아. 어쩌면 나는 이득만 보는 일일지도 모르겠어,

하하하."

영문을 알 수 없는 말이었으나 차차 알려주겠다고 할 뿐이다.

그렇게 두 사람은 그곳에서 하루를 푹 쉬고 성현성으로 돌아갔다.

열흘이 넘는 시간이 걸려 성현으로 돌아왔더니 성은 난리가 나 있었다. 황실과 사혈궁의 감찰단이 들이닥쳤다는 것이다.

특히나 사혈궁의 감찰단이 먼지 한 올까지 탈탈 털었다고 한다. 덕분에 성현성은 분위기가 무척이나 뒤숭숭했다.

마침 홍원과 비영이 성현성에 도착한 날이 감찰단이 떠나는 날이라고 했다.

머리가 풀어헤쳐진 채, 병사들에게 포박당해 질질 끌려가는 수많은 사람들을 볼 수 있었다.

그중 가장 처참한 몰골을 한 채 가장 앞에서 끌려가는 비대한 몸의 인물을 보고 비영이 깜짝 놀랐다.

"성주……."

그는 성현성주였다.

"하긴, 너한테 한 짓을 보면 구린 구석이 쌓이고 쌓였을 테지."

홍원은 고개를 끄덕였다.

어떻게 황실의 감찰단까지 함께 움직였는지는 모를 일이다. 알 필요도 없는 일이고.

이렇게 성현성주를 응징했다는 것이 중요했다.

자신이 직접 징치하지 못한 것이 아쉽기는 했지만, 그날 저녁 교하운이 보낸 사람이 찾아와 해준 말로 그 아쉬움도 후련하게 날아갔다.

해먹은 것이 워낙 많아서 광산 노역형에 처해질 거라 했다.
형량은 삼십 년 정도.

그의 나이와 몸집을 생각했을 때, 아마도 죽을 때까지 광산
에서 노역을 해야 할 듯했다.

성주가 평소 뿌려둔 뇌물로 만든 인맥을 동원해 어찌해 보
려 했지만, 사혈궁이 개입한 데다 소궁주가 직접 손을 쓴 것이
라 아무 소용이 없었다고 했다.

지은 죄를 법대로 처벌하자는 사혈궁의 주장을 반박할 수
없었던 것이다.

그렇게 비영의 얼굴에는 다시 웃음이 감돌았다. 주방에서 신
나게 철냄비를 휘두르고 있다.

그 모습에 함께 웃음 지으며 홍원은 다시 읍성으로 돌아왔다.

몇 달만의 귀환이었으나, 친구 덕에 하룻밤만 자고 바로 다
시 떠났다. 그래서 다시 읍성으로 돌아가는 홍원의 기분도 들
떴다.

이번에야말로, 집으로 간다는 기분이다. 그리고 교하운 덕에
단초도 하나 얻지 않았던가.

한편으로는 아버지의 활 때문에 가슴 한쪽이 무거웠다. 무언
가 자신이 알지 못하는 다른 것이 있는 듯한 예감 때문이다.

이번 일의 가장 큰 소득은 비영의 웃음이었다.

아버지의 활과 깨달음의 단초는 예상치 못한 또 다른 큰 소
득이었다.

　　　　　*　　　　　*　　　　　*

　교하운은 만족한 얼굴로 걸음을 옮겼다. 그와 함께 움직이는 사람은 단둘이었다. 나머지 수하들은 은밀히 주변에서 움직이고 있었다.

　그와 함께하는 수하 두 사람은 그야말로 그의 오른팔과 왼팔이었다.

　"마수 요리는 아주 만족스러웠어, 후후."

　"정말 소궁주의 그 기벽은 이해할 수가 없습니다."

　큰 대도를 등에 멘 야율초가 고개를 절레절레 저으며 말했다.

　"쯧쯧, 미식의 세계는 깊고도 넓다네. 어서 이해를 해보게."

　교하운이 안타깝다는 듯 말했다.

　"하지만 신기하군요. 그 사냥꾼의 이름이 분명 홍원이라고 했던 거 같습니다만."

　"묵 숙수가 그리 말했지."

　문사풍의 차림을 한 하후필이 접선으로 자신의 어깨를 톡톡 두드리며 말하자 교하운이 대꾸했다.

　"분명 성이 장가였습니다만……."

　"그렇지. 그런데 왜 그러나?"

　"이름이 같습니다. 숭무련의 삼 공녀를 구해줬다는 묵검신협이라는 자와 말입니다. 이제는 삼 공녀가 아니지만요."

　"신기한 일이로군."

교하운은 하후필의 말에 대수롭지 않게 생각했다. 그로서는 우연의 일치 정도로 생각하고 있었다.

　"뭐, 대륙에 장가야 흔한 성이고, 홍원이라는 이름도 그리 특이한 이름이 아니니 신기한 일 정도로 생각해도 될 것 같습니다만, 제 감은 뭔가 기묘한 느낌을 받고 있어서 말입니다."

　하후필은 얼굴을 찌푸리며 말했다. 무언가 잡힐 듯한데 잡을 수 없다는 듯한 모습이다.

　"필이 자네는 다 좋은데 그 의심이라는 놈을 너무 많이 키워. 보고 겪는 모든 것을 의심하니."

　교하운이 고개를 저으며 말했다.

　"그 탓을 보시는 것은 소궁주십니다."

　"그렇긴 하군, 하하하."

　하후필의 대꾸에 교하운은 크게 웃었다.

　"그래도 전혀 연관성이 없는 두 사람 아닌가. 더군다나 장엽사에게는 무공의 흔적이 전혀 느껴지지 않았네. 그 기질은 무척 마음에 들었네만."

　"그렇지요. 제가 봤을 때는 닭 모가지 비틀 힘도 없어 보였는데 엽사라니 신기했습니다."

　야율초가 굵직하고 걸걸한 목소리로 끼어들었다.

　"제가 이상한 부분이 바로 그 부분입니다."

　접선을 자신의 손에 '탁' 치면서 하후필이 말했다.

　"그들이 가지고 온 것은 마수의 고기가 분명했습니다."

　"그렇지, 자네도 먹어봤으니 알겠지. 배 속에서 피어오르는 마기가 주는 그 알싸하면서도 기분 좋은 느낌이 아직도 생각 나는군."

교하운이 눈을 반쯤 감고 그때의 감각을 회상하며 말했다. 그 모습에 야율초와 하후필 두 사람 모두 고개를 절레절레 저었다.

모든 면에서 존경하는 주군이었지만, 저 부분만큼은 두 사람 모두 이해할 수 없었다. 그까짓 음식이 뭐라고.

"일전에 소궁주와 함께 마수를 잡았을 때 우리 모두 놀라지 않았습니까. 강기가 없이는 뚫지도 자르지도 못하는 그 질긴 가죽 때문에 말입니다."

"오, 그러고 보니 그렇군."

야율초가 처음 알았다는 듯 말했다.

"고깃덩이만 가지고 와서, 대체 가죽을 어찌 처리했는지 알 수가 없었습니다만 어쨌든 가죽은 벗겨냈습니다. 무공이 없는 두 사람이 어떻게 그게 가능했을까요?"

적절한 의문이었다.

북면의 마수를 겪어보지 못한 사람이라면 생각지도 못했을 의문.

"흠, 선친도 사냥꾼이었다고 하니… 그들만의 비전 같은 것이 있는 것 아니겠나? 비전은 무림인들만의 전유물이라 여기지 말게. 모든 직종에서 오랜 세월 갈고닦으면 그들 나름의 깨달음과 비전이 생기는 법이지. 일례로 황실의 노 숙수님만 보더라도……."

하후필의 의심에 대해 자신의 의견을 말하던 교하운의 이야기가 숙수의 이야기로 흘러갔다.

기승전요리.

두 수하가 교하운과 대화를 할 때의 양상이다.

이번에도 역시나 숙수 이야기로 흘렀다. 몇십 년 경력의 대숙수들의 비전과 그 실력에 관해 이야기하면서 절로 존경이 인다고 이야기하고 있었다.

하후필은 자신의 입이 원망스러웠다.

어쩌다가 또 요리 이야기 할 단초를 제공한 것인지.

'앞으로는 결론이 나기 전에는 아무 말도 하지 말아야겠어.'

늘 다짐하지만 늘 깜빡하고 마는 것을 다시 한 번 단단히 마음먹었다.

"한데 읍성에 가는 것을 너무 쉽게 승낙하신 것 아닙니까?"

야율초가 적절히 교하운의 말을 끊었다. 그도 계속 듣기는 괴로운 이야기였으니.

"뭐, 아버님께 더 받아낼 것이 있지 않나 하고 밀고 당기기를 해볼 생각이었는데 나 때문에 묵 숙수가 피해를 봤으니 별수 있나. 어차피 갈 생각을 하고 있었으니, 성주 녀석 날리는 걸 받아낸 것으로 만족해야지. 자네들도 알다시피 관료의 인사권은 궁주라 하더라도 쉽지 않은 일이야."

"거참. 소궁주님은 너무 착하십니다."

야율초가 무언가 마음에 안 든다는 듯 중얼거렸다.

"그래서 초, 자네가 나와 함께하는 것 아닌가?"

"그렇긴 합니다만……."

교하운의 물음에 야율초가 한숨을 쉬며 답했다. 그는 교하운의 인품에 반해 충성을 맹세했으니.

"그리고 천선문이 대체 무슨 생각으로 우리 세력권에 자리를 잡았는지 알아보기는 해야지. 천선문은 곧 황제의 수족이나 다름없어. 읍성이 아무리 우리 세력권 밖의 변방이라고는 해도 해미성과 성현성 지척에 있는 곳이야. 우리 세력권이나 다름없지."

"하지만 황제가 정해준 세력권 밖인 것은 분명하지요. 그러니 천선표국이라는 이름을 사용하면서 그곳에 자리를 튼 것이지요."

하후필의 말에 교하운이 고개를 끄덕였다.

"그러니 내가 가야 하는 거야. 그놈들이 대체 무슨 생각인지 알아보려면. 다른 곳도 아닌 천선문이니 아무나 갈 수는 없는 법이지."

"이미 궁주님의 연락을 받으셨을 때 마음을 먹으셨군요."

야율초의 말에 교하운은 빙그레 웃었다.

"그렇지. 하지만 난 아버님께 그렇게 쉬운 아들이 되고 싶지는 않더군, 하하하."

교하운의 그 말에 두 사람은 못 말리겠다는 얼굴을 했다.

그사이 저 멀리 세 사람의 눈에 작은 성벽이 보이기 시작했다.

"오, 곧 도착하겠군."

"그렇습니다."

하후필의 대답에 교하운이 다시 한 번 빙긋 웃으며 말했다.

"그러면 경로를 조금 틀지."

"네?"

교하운의 말에 야율초가 되물었다.

"이대로 가면 북문으로 들어가는 것 아닌가?"

세 사람은 해미성에서 곧장 읍성으로 왔기에 관도를 따라 그대로 가게 되면 북문으로 들어간다.

"그렇습니다."

하후필의 대답에 교하운이 말했다.

"동문으로 들어가야지."

"네?"

뜬금없는 말에 두 사람이 동시에 되물었다.

가까운 데 멀쩡한 문을 놔두고 굳이 돌아가자고 하니 그럴 수밖에 없었다.

"묵 숙수에게 재미있는 이야기를 들었거든."

"동문 수문병 조장으로 있는 친구요?"

하후필의 말에 교하운이 고개를 끄덕였다.

"그 친구가 읍성 마당발이라고 하니, 들어가는 길에 이것저것 물어보면 좋을 것 같아서 말이지."

"그러다가 그가 없으면요?"

"그럼, 우리가 운이 없는 거지."

간단명료한 대답에 하후필은 고개를 저었다. 그래도 어쩌겠나, 주인이 하자는 대로 해야지.

읍성이 이제 지척이다.

"크, 좋다."

철우가 시원하게 막걸리를 들이켜고는 잔을 내려놓았다.

오늘처럼 무더운 날에는 이슬이 송송 맺힌 시원한 막걸리가 최고였다.

"천천히 마셔라."

홍원이 철우를 보며 말했다.

"어차피 오늘 내일은 비번이다."

"그러고 보니 쉬는 날이 많이 늘어난 것 같다. 표두님이라 그런 거냐?"

홍원이 웃으며 묻자 철우는 고개를 저었다.

"설마. 더 바빠야지."

"그런데 왜?"

"읍성에 얼마 전에 표국이 하나 더 생겼어. 천선표국이라고."

"그래?"

홍원이 놀라서 되물었다.

처음 듣는 이야기였기 때문이었다. 몇 달 만에 돌아온 다음 날 바로 떠났으니 이런 소식을 들을 겨를이 없기도 했다.

"손님 다 뺏긴 거야?"

홍원의 말에 철우는 고개를 저었다.

"나름 상도는 지키는 신생 표국이야. 운송비도 우리랑 비슷하고, 영업도 과하게 하지 않고."

"그런데 왜?"

"그래도 아무래도 고객이 나뉘게 마련이지. 우리만 있는 게 아니니까."

"거, 이 작은 성에 뭐 먹을 게 있다고 들어왔을까?"

태연한 얼굴로 묻고 있지만, 홍원의 내심은 복잡했다.

표국의 이름에서 느낌이 왔기 때문이다.

'대놓고 천선표국이라니……'

아무리 생각해도 천선문일 것 같았다.

"그러게 말이다. 표두나 표사들은 전부 외부에서 온 사람들이다. 쟁자수나 일꾼들은 읍성 사람들을 쓰고. 덕분에 일자리는 늘었다고 사람들이 좋아하더라."

"너희 표국 사람들 빼가려고는 하지 않고?"

"그렇지 않아도 경력 많은 쟁자수들한테 제의가 왔다고 하더라고."

철우가 딱딱한 얼굴로 답했다.

"표국주께서 머리 좀 아프겠구나."

홍원의 말에 철우는 고개를 저었다.

"전혀."

"왜?"

"표국을 팔았거든."

홍원은 그 말에 다시 한 번 놀랐다. 설마 표국주가 표국을 팔았다니.

"그게 무슨 일이야?"

"네 말대로 천선표국 때문에 머리 아파하던 차에, 좋은 조건으로 제의가 들어온 모양이더라고."

"흠……."

"내일쯤에 새 표국주가 온다는 모양이야. 그래서 일단 급한 표행 말고는 표행이 모두 멈춘 상황이고. 새 표국주가 현황 파악은 해야 할 테니까."

"그래서 비번이로구만."

"그렇지."

홍원의 말에 철우가 쓴웃음을 지었다.

표국주가 바뀌었다는 말은 표국에서 일하던 사람들의 고용이 어찌 될지 모른다는 말이다.

그러니 지금 철마표국의 모든 사람이 불안할 것이다.

철마표국주는 좋은 사람이었다. 그래서 표국의 구성원들이 만족하면서 일을 할 수 있었다.

그런데 표국주가 바뀐다고 한다.

당장 모든 사람을 그대로 고용한다고 해도 그가 악독한 사람이라면 어찌할까 하는 걱정이 가득했다.

철우라면 아마 다른 표국으로 자리를 옮길 수 있을 것이다. 그는 그만큼 능력이 있는 표두였으니까.

하지만 오랫동안 함께 일한 사람들이 뿔뿔이 흩어진다는 것은 누구에게나 마음 아픈 일이다.

"그래서 요즘 계속 철우 녀석 얼굴이 죽상이다. 쉬는 날이면 여기서 술이나 마시고."

그때 홍원의 등 뒤에서 진구의 목소리가 들렸다.

병사의 복장을 한 채로 시뻘건 얼굴로 나타났다. 홍원은 진작에 그가 온 것을 알고 있었다.

"더운데 고생했다."

홍원이 자신의 잔에 막걸리를 가득 채워 진구에게 내밀었다. 근무가 끝나자마자 온 듯했다.

진구는 홍원이 건넨 잔을 단숨에 비웠다.

"캬아, 시원하다. 이 맛이지."

진구가 평상에 걸터앉으며 말했다. 그사이 주모가 진구 몫의 잔과 수저를 가지고 왔다.

"그리고 이제 얼굴 좀 펴라. 네가 걱정하는 그런 사람은 아닌 것 같더라."

"그게 무슨 소리냐?"

철우가 알 수 없다는 얼굴로 물었다.

"내가 본 것 같거든. 너희 새 표국주."

진구의 대답에 홍원의 시선도 진구를 향했다.

"막 근무 교대 준비하려는데, 말쑥한 중년인 세 명이 오더라고. 처음 보는 사람들이었지. 그런데 나한테 이것저것 묻더라."

"그래서?"

"워낙 정중하게 묻는 데다가, 사람도 좋아 보여서 뭐, 대답해 줄 수 있는 것들은 알려줬지. 그런데 그중에 철마표국 위치도 묻는 걸로 봐서는 그 사람이 새 표국주 같았어."

그 말에 철우는 자리에서 벌떡 일어났다.

표국으로 가봐야 할 것 같았다.

"야, 야. 막걸리 마시고 벌게진 얼굴로 어딜 가려고 그래. 어차피 비번이라며? 그냥 정상 근무일에 가는 게 나을 것 같은데?"

진구의 말에 철우는 고민했다.

이러지도 못하고 저러지도 못하고.

표국주가 온 날 비번이라는 이유로 자리를 비우는 것과 술에 취해 벌게진 얼굴로 표국주와 처음 만나는 것.

둘 중 어느 것이 더 안 좋은 것일까?

사실 비번인 날에 술을 마시는 것도 흠이 아니요, 비번인 날에 표국을 쉬는 것도 당연한 일이다.

철우는 고용인이었기에 그럼에도 고민을 하는 것이다.

"그냥 비번일에는 쉬고, 근무일에 가는 게 나을 거 같다. 정네가 가야 할 일이 있으면 사람 보내겠지."

홍원의 말에 철우는 다시 자리에 앉았다. 하지만 이제는 술을 마시지는 않았다. 언제 사람을 보낼지 몰랐기 때문이다.

덕분에 홍원과 진구만 서로 잔을 주고받았다.

'천선표국이라……'

홍원은 한번 자세히 알아봐야겠다고 생각하며 막걸리를 목으로 넘겼다.

『홍원』 5권에 계속…

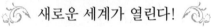

초대형 24시 만화방

신간 100%, 샤워실, 흡연실, 수면실(침대석), 커플석, 세탁기 완비

■ 시흥 정왕25시점 ■

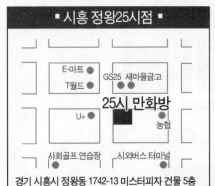

경기 시흥시 정왕동 1742-13 미스터피자 건물 5층
031) 319-5629

■ 강북 노원역점 ■

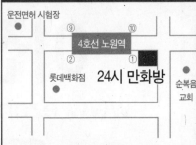

서울 노원구 상계동 340-6 노원역 1번 출구 앞 3층
02) 951-8324 (화용빌딩 3층)

■ 일산 정발산역점 ■

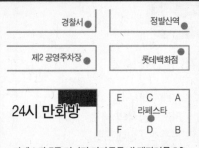

라페스타 T동 건너편 먹자골목 내 객잔건물 5층
031) 914-1957

■ 일산 화정역점 ■

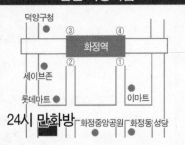

경기도 고양시 덕양구 화정동 984번지 서일빌딩 7층
031) 979-4874 (서일사우나 건물 7층)

■ 부천 역곡역점 ■

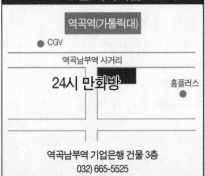

역곡남부역 기업은행 건물 3층
032) 665-5525

■ 부평역점 ■

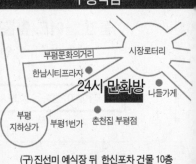

(구) 진선미 예식장 뒤 한신포차 건물 10층
032) 522-2871